蒼龍の星

㊤ 若き清盛

篠綾子
Shino Ayako

文芸社文庫

目次

熊野の姉妹

一

熊野の参道は、両側に杉の大木が立ち並び、すがすがしい香気を放っている。山道は曲がりくねりながら、ようやくゆるやかな下り坂にさしかかっていた。

「この辺りで、少し休むか」

騎乗した主人らしき男が、傍らを徒歩《かち》で行く若い武士に、大きな声を張り上げて言った。

「かしこまりました」

若い武士はただちに応じ、後に続く長い行列に向かって休息の触《ふ》れを回した。すると、規則正しかった蹄の音や荷車の軋《きし》みがやみ、辺りは従者たちの取り交わす会話や、馬のいななき、荷を引く牛たちの荒い鼻息など、雑然とした物音が参道を満たした。

一行の主人である平正盛《まさもり》は、馬から降りて、従者の用意した床几に腰かけながら、空を見上げた。参道は生い茂る樹木のせいで、昼間でも小暗く、神の棲む山の神秘性を際立たせている。

それでも、枝葉の奥に広がる熊野の空は明るく、夏を間近に控えて、青く澄みきっていた。

（熊野三宮への参詣も済ませた。金子を惜しまず奉納もした。これで、わしの念願も果たされようぞ）

正盛は大きく息を吸いこんだ。

正盛の念願とはただ一つ、自らが棟梁を務める伊勢平氏一門の力を強め、日本一の武士団を作り上げることに他ならなかった。


嘉承《かしょう》三（一一〇八）年三月、正盛は熊野三山に詣でた。

三山とは、本宮、新宮、そして那智の大滝をいう。

一門配下の家の子《いえのこ》、郎党たちを引き連れ、従者や荷運びの者なども含めれば、総勢五十人にもなる一行であった。家の子とは、家臣の中でも主家である平氏の血を引く者をいい、そうでない郎党とは格が違っている。

正盛が中でも特に目をかけているのが、同じ平姓を持つ家の子の家貞《いえさだ》であった。先ほど、休息の触れを回した若い武士である。度胸があって、腕っ節も強く、まさに武士になるべく生まれてきたような若者だが、細かい気配りもでき、正盛の手足となって仕えてくれる。

　ゆくゆくは、戦場で指揮を執らせることになろうし、さらにその後は、正盛の跡を継ぐ息子忠盛《ただもり》の補佐もさせたい。そのため、正盛は家貞を身近に置いて、自らのやり方を学ばせている。

　ふた月前、朝敵源義親《よしちか》を討伐するため、出雲国で行われた合戦にも、正盛は家貞を連れて行った。

　合戦はひと月も経たぬうちに終わってしまったので、正盛はおろか、家貞もまともに戦ってはいない。

　だが、これには大きな収穫があった。

　正盛は義親を討ち取り、時の権力者である白河院から褒賞にあずかったのである。上国《じょうこく》である但馬守《たじまのかみ》の職――それは、伊勢の田舎から都に進出して以来、都の公卿《くぎょう》たちのご機嫌取りに走り回り、時には外出時の馬の轡《くつわ》まで取るといった屈辱に甘んじてきた正盛の、苦労が報われた証《あかし》であった。

　この度の熊野参詣は、その御礼参りである。

（いつまでも、公家《くげ》どもの使い走りでいるものか。わしはいずれ、この国で最も力のある武家の棟梁になってみせるぞ）

　もちろんそれだけでは終わるまい。

武士でありながら、帝や上皇、法皇の御前に伺候できる殿上人《てんじょうびと》にも、政《まつりごと》に携わる公卿にもなってみせる。いずれは、中納言にも大納言にも、大臣にさえ――。

（はあ……）

そこで、正盛は大きな溜息を漏らした。思わず、頭《こうべ》が垂れた。視界に映るのは、もはや明るい空ではなく、湿った地面の土であった。

もう四十歳を過ぎたというのに、たかが上国の受領《ずりょう》になれただけで喜んでいる自分が、どうして大臣になることなどできようか。

公卿や殿上人と言われるのは、ほんの一握りの上流貴族、それも、頂点に立つ藤原摂関家の一族たちだ。三位《さんみ》以上の官位を持つ公卿、四位、五位で清涼殿への出入りを許された者が殿上人――彼らは特別階級だった。

その下にいるのが、院の近臣と呼ばれて活躍する中流貴族――彼らは、院政をしく白河院の取り巻きで、一部は殿上人であり、受領層の者もいる。中には出世して、公卿にまで昇る者もいる。

正盛は白河院に取り入り、ようやくこの受領層にまで上りつめたところであった。

今から十年後、正盛が殿上人になれるかどうかさえ、定かではない。正盛の溜息はそれゆえだった。

（いや、まだ分からぬぞ）

正盛は強気に思い直した。

自分は無理でも、息子の忠盛ならば、殿上人になれるかもしれない。あるいは、公卿にさえ昇るかもしれない。仮に、忠盛がそこ止まりだったとしても、いずれ生まれる忠盛の息子ならば、大臣にさえ手が届くのではないか。

（わしには無理な夢であろうと、せめて我が子孫三代のうちには——）

正盛は思わず、膝の上に置いた両手を、強く組み合わせていた。社前でもないというのに、祈るように眼を閉じている。

この願いを、熊野三宮の社前で申し上げてこなかったのは、迂闊《うかつ》であった。今さら、戻るわけにはいかないが、ここも熊野、まったく効果がないということはないだろう。次に、熊野へ参詣する時には、この願いをこそ、第一に申し上げなければならない。

正盛がそう決意した時であった。

「殿っ！」

聞き慣れた家貞の声が、正盛の耳を打った。

少し慌てているような声だ。正盛はゆっくりと眼を開いた。

家貞が斜め前方に立っている。その表情はかすかに困惑していた。

「どうした」

「少々、困ったことになりまして……」

家貞はおさえ気味の声で言う。そして、首の動きだけで、正盛の注意を前方へうながした。

家貞が示す方へ眼を向けた正盛は、思わず眉をひそめていた。

「あれは……」

五間余（十メートル近く）も離れた所に、正盛一行の従者たちに交じって、二人の女が佇んでいる。この一行に女はいないから、どこかからまぎれこんできたのだろう。身なりは、正盛の邸で召し使う下働きの女たちより、さらにみすぼらしく見えた。この山に棲みついている山賊の娘たちか。それとも、熊野の参拝客を当てにして、物乞いでもするつもりか。

「追い払いましょうか」

困惑した口ぶりで、家貞が尋ねる。

どうやら、口で優しく言っただけでは、女たちは聞き入れなかったらしい。

家貞は力ずくで追い払うべきか、尋ねているのだ。熊野山中は神域であるから、そうした乱暴を働くことに、躊躇《ためら》いがあるのだろう。

「いや、待て」

正盛は言った。今は、大事な願を立てたばかりだ。ここで、不埒《ふらち》な行いを働いた結果、願が果たされなくなったら、悔やまれるではないか。

正盛は験《げん》を担いだ。

あの女たちをどう扱うか。熊野の神は、自分を試そうとしていらっしゃるのかもしれない。

「女どもをここへ――」

正盛は家貞に命じた。家貞は少し驚いた表情を見せたが、言い返したり、問いただしたりはせず、ただちに命令に従った。

やがて、二人の女たちが、家貞に連れられて、正盛の前へ引き出されてきた。近くで見ると、息子の忠盛と同じくらいの若い娘たちであった。せいぜい十二歳から十六歳くらいであろうか。

二人とも、足の脛まで見える短い衣を重ね着している。それも、つぎはぎだらけだ。腰は帯ではなく、縄のようなもので無造作に結わえていた。腰の辺りまである髪はざんばらで、薄汚れた顔にかかっている。どういう顔立ちをしているのかは、よく分からない。

「こりゃ、また、ひどく汚い娘たちじゃの！」

正盛は鼻の頭に皺を寄せて、声を放った。その時、背の高い娘の方が、きっと顔を上げた。

（おっ！）

大きな黒眼が睨み据えるように、正盛を見上げてくる。顔中が眼になったかのようだ。そのあまりの眼力の強さに、正盛は一瞬、気圧《けお》された。

もう一人の娘に眼を移すと、こちらはうつむいたままである。細い肩が小刻みに震えていた。

「どうなさいますか」

家貞が尋ねてくる。

「ふう……む」

正盛は顎をしゃくりながら、考えをめぐらした。

「おい、娘たち。名は何と申す。齢《とし》はいくつじゃ」

正盛は横柄《おうへい》に尋ねた。が、眼の大きな娘は、頑固そうに口を引き結んだまま、一言も口を利かない。もう一方のうつむいている娘には、返事など期待できまい。

――わしには無理な夢であろうと、せめて我が子孫三代のうちには――。

先ほど唱えたばかりの言葉が、なぜか正盛の胸によみがえった。

「おぬしら、わしと共に都に来るか」

気づいた時には、口が勝手に動いていた。

「おぬしらにそのつもりがあるなら、わしの邸で暮らさせてやるぞ」

「何をおっしゃいますやら！」

娘たちが答える前に、家貞があきれた声を出した。さすがの家貞も、この汚い娘たちを正盛の邸へ連れ帰ることには、反対のようであった。

だが、正盛は本気だった。

「わしの邸へ来れば、湯浴みもさせてやろうし、それなりの身なりもさせてやろう。我が家には、間もなく婿を迎える若い娘もおる。ま、その話し相手にでもなってくれればいい」

その時、変化が起こった。眼の大きな娘がこくりとうなずいたのである。

「おお、よき娘たちじゃ」

正盛はたちまち上機嫌になり、相好を崩した。

「わしに拾われるのを待っておったのじゃな」

娘たちを共に連れて行くよう、手配いたせ――正盛は家貞に命じて、その話を打ち切った。

家貞ももう、それ以上、口を挟もうとはしなかった。娘たちを引き連れて、正盛の前から去って行った。

(そういえば、名を聞かなかったな)

いや、それ以前に、あの娘たちの声さえ聞かなかったではないか。

何かしゃべらせればよかったと、今さらながら正盛はおかしくなった。

やがて、家貞が戻ってきた。娘たちは荷車の脇を歩くことになったらしい。徒歩の者は大勢いるので、遅れることもないだろう。足が遅いようならば、馬を貸してやるよう、正盛は付け加えた。

「さて、そろそろ出立するか」

正盛は床几から立ち上がり、馬を引いて来させた。

家貞が顔を引き締め、出立の命を行き渡らせるべく、駆け出してゆく。

その後ろ姿に、正盛は満足そうな視線を向けていた。

二

「ほう、これはまた、鴉《からす》が鶴に化けたようじゃ」

湯浴みを終えて着替えてきた娘たちを見るなり、正盛は驚嘆した。

それも無理はないほど、娘たちは見事に変身していた。


正盛が熊野参詣から、六波羅の邸へ戻ってきた夕べのこと――。

留守を預かっていた息子の忠盛は、娘たちを一目見るなり、眉をひそめた。

正盛の太い眉と違って、忠盛の眉は男にしてはやや細く、神経質そうにつりあがっている。肌の色も、都育ちのせいか、浅黒い正盛と違って、色白だった。

そうした都育ちの繊細さを持つ忠盛にとって、

(まるで山賊の娘ではないか)

汚い娘たちの姿は、我慢のならないものと映った。

その上、一人の娘は大きな黒眼を見張って、睨み据えるように忠盛を見つめてくる。痩せているせいか、眼ばかりが目立ってぎょろりと大きく、何となく不気味だ。

娘たちが湯浴みをするため、出て行くのを待ちかねたように、

「何ゆえ、氏素性の知れぬ者どもを邸へ連れてこられましたか」

と、忠盛は父に食ってかかった。

「あの者たちはのう、熊野権現のつかわした神女《しんにょ》よ」

正盛は自信たっぷりに言ってのける。

「あの娘たちが、ですか」

忠盛は露骨に疑わしそうな表情をしてみせた。

忠盛は生まれつき眇《すがめ》である。

左眼があらぬ方を向いているのに、右眼は相手を正面から鋭く見据える。それは、心中で何を考えているのか分からぬ不気味さを、相手に与えた。

だが、この時、正盛はその忠盛の右眼を正面から受け止め、

「実はな、熊野権現のご神託があったのよ」

と、大事な秘密を打ち明けるかのように、声をひそめて続けた。

「鈴を手にした二人の天女が、わしの夢に出てまいって、こう申されたのじゃ。我らを家に迎えてかしずけば、必ずや御身の家に福運が訪れるであろう。一門の出世は間違いない、と――」

「一門の出世――でございますか」

忠盛は用心深く口をつぐんだ。

神託があったかどうかは疑わしい。だが、それを人々に信じさせるため、正盛はあの汚い娘たちを利用するつもりなのだ。

神山の熊野に、突然現れた素性の知れぬ娘たち――それは、神秘の幕に包まれている。熊野の山中に現れたというだけで、そのみすぼらしい身なりさえ、神の手によるものだという気がしてくるのだから、不思議なものだ。

だが、忠盛にしてみれば、素性の知れぬ娘たちが邸内をうろつくのは、あまり気が進まない。

(それに、あんなに汚くては……)

そう思っていた忠盛の心は、湯浴みをしてから現れた娘たちの衵姿《あこめ》を見るなり、一瞬にして転じてしまった。

鴉が鶴に化けたという正盛の言葉は真実であった。いや、忠盛の眼には、小汚い山賊娘が神女となった一瞬であった。

今ならば信じられる。この娘たちが熊野の神女だと言われても――。

その時、忠盛の眼がふと娘たちの手に留まった。

年下らしいほっそりした娘が手に短剣を握りしめており、年上と思われる娘がそれを守るように手を添えている。

「名は何と申すのか」

正盛が娘たちに問うた。

「榊《さかき》と申します」

年上らしい娘の方がよどみなく答えた。やや低く、かすれた甘い声であった。

その娘はくっきりとした目鼻立ちの美貌を持ち、きつい眼差は気位の高さをうかがわせた。まるで咲き誇る牡丹の花のような美少女である。

「こちらは、私の妹。由比《ゆい》と申します」

榊から紹介された由比という少女は、まだ幼さの抜けきらぬ容姿をしていた。印象深さでも、榊の美貌には劣って見える。

だが、混じりけのない透明な真水のような乙女だと、忠盛は思った。いや、夏の朝露を存分に含んだ朝顔の花とでもいうような――。榊よりもいっそう白い、透き通るような肌が、そんなふうに見せるのかもしれない。

「私たちは、熊野の山中に捨てられていた孤児《みなしご》でございます。熊野の修験者とも山賊ともつかぬような家で育ちました。しかし、売られそうになったので、そこを逃げ出してきたのです。旦那さまに拾っていただけなければ、人買いの手に渡っていたやもしれませぬ」

榊は決められていた言葉をなぞるように、滑らかに語った。

忠盛は疑わしい話だと思ったが、この娘たちに真実を語らせるのは難しいだろうとも予感した。横の正盛を見ると、正盛は娘の話の内容などどうでもよいと考えている様子であった。

「ならば、我が家に居たいと申すのじゃな」

「はい。置いていただけますならば、どんなことでも致します」

榊は神妙に言ったが、この華やかな娘に、水汲みや掃除などの雑事が似合いそうには思えなかった。

「そうか、そうか。ならば、まあ、ここにおればよい。これも、熊野権現のお導きゆえ、そなたらを粗略に扱うつもりはない。いやいや、我が娘のごとく思うことにしよう」

正盛は上機嫌に言った。だが、その眼は娘たちを値踏みするように見定めていることを、忠盛は見て取っていた。

（父上は、この娘たちの美貌を、野心のために利用しようと考えておられるな）

忠盛には、父の内心が読み取れたが、そんな父を不快にも感じた。

その時、忠盛は由比の声をまだ一度も聞いていないことに気づいた。

「由比殿と申されたか。その手に握っておられる剣は、いかなる品なのでしょうか」

忠盛が尋ねると、由比はびくりと身を震わせた。由比ははっと忠盛から眼をそらし、榊がまるで忠盛を睨むようにきつい眼差を注いできた。

「これは――」

由比に代わって、榊が口を開きかけた時、

「わたくしのものです」

由比の口から初めて言葉が漏れた。

由比はいつの間にか顔を上げて、忠盛を見つめていた。その眼許はほんのりと薄紅色に染まっている。

「姉上がわたくしに下さった宝でございます」

微風に揺られた鈴が、凛とさわやかな音色で鳴ったのか――そんな印象の声だと、忠盛は思った。

「そうか、そうか。何も我が家に置いてやる代わりに、その剣をよこせなどと言うつもりはないゆえ、安心されよ。それでは、そなたらの局《つぼね》（居室）を用意せねばな」

正盛が相変わらずの上機嫌で言い、

「かたじけのうございます」

榊が如才なく応じた。

物言いに高貴さがある。山賊娘のような形《なり》をしていたのは素性をごまかすために違いない。

榊を見つめる正盛の眼が鈍く光った。

ひそかに息子を見やると、忠盛の顔もまた、榊の方に向けられていた。その類《たぐい》なき美貌に見惚れているのだろうと、正盛は疑わなかった。

だが、この時、忠盛の眇は、由比の方を見つめていた。

その事に、正盛は最後まで気づかなかった。

三

榊と由比が正盛の邸で暮らすようになって半年後の秋、正盛は娘の正子《まさこ》に婿を迎えた。

相手は何と、正盛が同じ年の一月に討ち滅ぼした義親の弟、義忠《よしただ》である。

（父上は義親を討ってから、狡猾になられた）

忠盛はそう思わずにはいられなかった。

伊勢の田舎武士であった正盛が、都に出てきて、どれほどの苦労をしたか、知らぬ忠盛ではない。

中肉中背ではあるが、逞しい体格を持つ正盛は、武士としては頼もしく見えるが、都の公家たちの目には野卑くさく見えるようであった。

何年経っても、都ぶりがあがらぬ男。所詮、田舎武士は田舎武士よ――そんな公家たちの揶揄《やゆ》を聞き流し、正盛は彼らのご機嫌を取り続けた。

正盛の炯々《けいけい》と光る眼光の鋭さもまた、公家たちには恐ろしく見えるらしい。ひと頃は、獲物を付け狙う鷹のような――と評されていた。

だから、正盛は都の内では、慇懃すぎるほどの態度に徹し、なるべく野心を表に出さぬように努め続けたのだ。

白河院を頂点とする朝廷の公家たちは、正盛を侮りつつも、その武力を重宝した。だから、出雲国で官物を強奪し、官吏を殺害した源義親の追討を、正盛に命じたのである。

嘉承二年の暮れのことであった。

「必ず、わしの手で義親の首をあげてみせるぞ！」

正盛は勇躍した。

この時、わずか十二歳の忠盛は参戦が許されなかった。忠盛より五歳年上の家貞は、供をすることが許されたというのに——。忠盛にはそれが不満だった。

正盛がこの時、奮い立ったのは、相手が河内源氏の源義親だったからでもある。

河内源氏——それは、正盛には宿敵のように感じられる存在だった。

もっとも、河内源氏の一門に怨みがあるわけではない。

ただ、同じ武士の身分でありながら、いち早く出世の糸口をつかんだ一族ということで、正盛のやっかみを被《こうむ》っていただけのことである。

河内源氏の棟梁、八幡太郎《はちまんたろう》とも呼ばれた源義家《よしいえ》——この男こそ、正盛の野心に火を点けた男であり、正盛の憧れでもあった。

義家は奥羽の叛乱を治めたのを機に、都へ出てきて、白河院の寵愛を受けた。

武士の身でありながら、院昇殿を許されて院殿上人となり、官位も四位《しい》にまで上っている。

(わしも義家公のようになりたい)

正盛はそう思ったに違いなかった。同時に、義家にできて、自分にできぬはずはないと思ったのではないか。

だが、それには義家が奥羽で立てたような戦功が必要だった。手柄を立てなければ、出世の機会も与えられない。

　そこへ、やって来たのが義親を追討せよとの命令だったのだ。

　義親は何と、正盛の憧れでもある源義家の息子であった。黙っていれば、河内源氏の棟梁の座が転がり込んでくるはずの身の上――正盛から見れば、どれほどうらやましく見えたことか。

　ところが、その義親は父親の跡を継いで、順調に出世する道を選ばなかった。そういう生ぬるい生き方が嫌だったのか、都の公家どもの顔色を窺う暮らしができなかったのか。義親が出雲国で、朝廷に背く行動を起こした理由は分からない。

　その一年余り前に、義家は亡くなっていた。その上、跡継ぎであったはずの義親が朝敵となり、河内源氏の勢力が損なわれたのは否めない。

　義家の後釜を狙う正盛にとって、これほどの好機はなかった。

　何が何でも、義親の首を――そう思うのも当然だった。

（そして、父上は義親を見事、討ち滅ぼされた……）

　その報《しら》せを都で聞いた時、忠盛の胸にあふれたのは、さすが父上――という誇らしさであった。

　正盛は年が明けた嘉承三年の一月、わずか半月余りで、義親を討ち取ってしまったのだ。それまで西国の武士たちがその首をあげようと、どれだけ力を尽くしても、討

「正盛は何と、頼りになる武士《もののふ》よ」

白河院はいたく心を動かし、正盛が凱旋するのを待たず、但馬守《たじまのかみ》に任命したのであった。

この時、白河院の胸の内には、河内源氏に代わって、正盛の伊勢平氏を重用する腹積もりができていたのだろう。

だが、それから間もなく、都には不穏な噂が流れ始めた。

「正盛が討ったのは、偽の義親だったらしいぞ」

「義親はまことは生きていて、どこぞに潜伏しているらしい」

その噂を、忠盛も聞いた。

実は本物の義親を取り逃がしました――という正盛からの報せが、いつ都に届くかと、忠盛は気がかりでならなかった。

だが、そんな報せはなかった。

正盛は予定通り、都に凱旋し、討ち取った義親の首をかかげて、堂々と都大路を渡って行ったのだ。

義親の首は確かにあった。干からびて、槍の先につけられた義親の首とやらが、本物かどうか、忠盛には判断する材料がない。

ち取れなかった義親を――。

もっとも、正盛にもなかっただろう。正盛も義親の顔を知らなかったはずなのだ。

その後、義親の首が贋物だという声が、公《おおやけ》に出てくることはなかった。

正盛は義親を討ち取ったということで、但馬守になり、それを返上することもなかった。

だが――。

（都に凱旋した時の父上のお顔は、蒼ざめていた）

その時の記憶が忠盛にはある。

あるいは、贋物だったのかもしれない。正盛もそれを分かっていたのかもしれない。

それでも、もはや朝廷に報告した以上、それを取り下げることができなかったのではないか。

（いや、それならまだいいのだ）

もしも、初めから贋物の首を、義親の首と偽って、朝廷に報告していたなら――。

朝廷と世間を騙してまで、出世しようとした父の腹黒さを想像すると、忠盛は気分が悪くなる。

だが、確かめようはなかった。問いただしたところで、正盛が義親の首は贋物だったと言うわけがない。

それ以上に、忠盛は真実を確かめるのが怖くもあった。

だが、そうして忠盛が手をこまねいているうちに、正盛は次の手を打っていたのだ。忠盛の姉正子に、義親の弟で河内源氏の新棟梁となった義忠を娶《めあ》わせた。義忠は若く、まだ力もない。当然ながら、白河院の信頼を集めつつある正盛の下につくことになる。

（父上は、河内源氏をご自分の手の内に取りこむため、義忠殿を姉上の婿に……）

義忠がどんな気持ちで、兄義親を討った正盛の家へ婿入りしたのか、忠盛には分からない。だが、義兄となった義忠の姿を見る限り、遺恨を胸に秘めている人物には見えなかった。

「実の兄と思って、これからは頼ってほしい」

忠盛に笑顔を向ける義忠は、人がよいだけの小人物に見えた。少なくとも、偉大な父八幡太郎義家や、気骨のある反逆者義親と、同じ血を引いているとも見えなかった。だからこそ、正盛は義忠を婿に迎えたのであろう。間違っても、飼い犬に手を噛まれるようなことにはなるまい。

「姉をよろしくお願いします」

そう言って頭を下げた忠盛はもう、義忠に問う気持ちを失くしていた。

――あなたは、私の父が本当に、源義親を討ったと思っておいでですか。一体、どんな気持ちで、この家の婿になったのですか。

義忠にそれを訊いたところで、意味のある答えが返ってくるとは思えなかった。

その日、忠盛は義忠に挨拶するため、姉夫婦の住まう西の対《たい》へ出向いたのだが、挨拶が終わると、他に話すこともない。忠盛はその場を辞そうと立ち上がりかけた。

その時、

「お待ちくだされ」

義忠が忠盛を制するように、声をかけた。

「私は、逆賊として死んだ義親を、我が兄などとは思っておりませぬぞ」

真剣な眼差だった。上げかけた腰を、忠盛は再び下ろした。

「何ゆえ、それを私に――」

「私が当家に遺恨を持っていると、疑われては困るゆえ」

「遺恨を持つ方が婿入りなど、なさらないでしょう」

「それはそうですな。私は正子殿を大事にするつもりです」

義忠はまっすぐな眼をして言った。その眼を見返しながら、信じられると、忠盛は思った。

少なくとも、野心ゆえに人道を外れるような男ではない。そう思うと、この義兄を信じられて、実の父を信じきれないことが、忠盛にはひどく息苦しく思われた。

「世間ではあれこれ言っておるようですが、私は正盛殿が義親を討ったと信じております」

義忠は自分の意思を表明しておこうというつもりらしく、そんなことまでしゃべったが、忠盛はうなずくだけで、自分の意は述べなかった。

「ところで」

ふと思い出したというように、義忠は続けた。

「この邸には、客人《まろうど》扱いで暮らしている若い姉妹がいるということですが……」

正子から聞いたのだろう。忠盛は不審に思うこともなくうなずいた。

「実は、ちらとお見かけいたしました。どちらから来られたお客人で――」

「父が熊野山中で行き合ったと聞いております」

忠盛は答えた。義忠の目がかすかに揺れている。

「何か」

「いや、どこかで見たような気がしたのですが……」

気のせいかもしれない――と、義忠は続け、ごまかすように笑ってみせた。

「行く当てもないとのことで、父は娘のように考えております。いずれは養女にしたいという意向かもしれません。二人にも、義兄上へ挨拶するよう、勧めておきましょう」

義忠が気にかけているようなので、忠盛は何の気なしに約束した。

「そうですな。では、その時に、ご本人たちに訊いてみましょう」

義忠は何かを期するように言った。だが、具体的に何を訊くのかまでは、忠盛にも明かさなかった。

しかし、忠盛がそれを知ることはついになかった。

義忠が二人の姉妹に会う機会も訪れなかった。

六波羅の邸へ向かう途上の義忠が、天仁《てんにん》二（一一〇九）年の二月、万里小路《までのこうじ》で何者かに殺害されたのである。

享年二十七――。

正子との結婚生活は、半年にも満たなかった。

祇園の妖花

一

義忠の謎の死以来、都は騒然としていた。

伊勢平氏と並んで、都の治安を守る武士団、河内源氏の棟梁が亡くなったのである。当然、その跡継ぎの座をめぐり、また、咎人《とがにん》の詮索をめぐり、河内源氏の内部では混乱が続いていた。

だが、婿を亡くした正盛の六波羅邸は、ひっそりとしている。河内源氏の揉め事に、正盛や正子はいっさい関わらなかった。

「この度は、お悔やみ申し上げる」

六波羅邸を訪れた客人の藤原顕季《あきすえ》は、正盛に挨拶していた。

「いやいや、それがしも驚いた次第でございまして……」

正盛は丁重に言葉を返した。

「頼りになる婿殿をなくして、さぞお力落としでしょうな」

「はあ、それがしはともかく、娘が哀れでございまする」

「さもありましょう。されど、ご結婚してまだ半年にもならぬとか。考えようによっては、幸いでした。ご息女はまだお若い。次なるご縁にも恵まれましょう。なに、お望みならば、折を見て、私がよい婿君をお世話してもよい」

顕季は鷹揚に言った。

この時、すでに齢五十を超え、官位は正三位、修理大夫《しゅりだいぶ》の職にある。いわゆる公卿の座に昇っており、正盛などから見れば、雲の上の人物である。

だが、家柄そのものは、決して上流に属するわけではない。

顕季の母が白河院の乳母《めのと》であった関係から、白河院の治世下において重用されたという人物である。

白河院は幼少時、皇位に就くかどうか不明な存在であった。だから、その白河院が皇位に上り、院政を開くという政治情勢の変化は、その乳母子《めのとご》であった顕季の人生を変えた。

顕季は白河院の近臣として、第一の有力者となり、もともと公卿に昇れるような家柄でもなかったが、ついにその座を手に入れたのである。

正盛はこの顕季に取り入って、白河院の近臣になりおおせた。

顕季が正盛のような身分の者に目をかけてくれるのも、もともとの家柄が決してよくないがゆえに、正盛の苦労やその野心が分かるからに違いなかった。

正盛は顕季の邸に通いつめた。その外出時には、馬の轡を取り、牛の鞭さえ手にするほど、懸命に取り入った。贈り物の数はおびただしい。

その結果、あの義親追討の命令が正盛の身に下されたのだから、顕季への奉仕は十分に報われたと、正盛は考えている。

「もし修理大夫さまがお世話してくださされるなら、娘にとりましては、この上もない幸せ――」

正盛は深々と頭を下げて言った。

「それにしても、義忠殿殺害の咎人については、はっきりしたことが分かりませんでしたな」

縁談の件は口先だけだったのか、顕季はたちまち興味を失ったように、話題を変えた。正盛の方もそれを気にかけたりはしない。

「さようでございますな。何でも、殺害現場に凶器の太刀《たち》と鞘が落ちており、持ち主はその咎人に違いないと思われたようでございますが……」

「それぞれ、その鞘に河内源氏の家紋、桔梗が彫られていたというのであろう」

顕季が好奇心をむき出しにして尋ねた。

「はあ。それで、咎人は河内源氏の内部にいると、検非違使《けびいし》も判断したそうで……」

正盛はうなずいて答えつつも、ある情報を明かさなかった。

銀《しろがね》作りの鞘に、桔梗紋が彫られていたのは事実だが、凶器となった太刀とは大きさが合わなかったのだ。鞘は短刀のものであった。

だが、殺された義忠は短刀を持っていなかった。ならば、鞘は咎人の遺留品ということになるが、その鞘に合う短刀は見つかっていない。

咎人が凶器の太刀を現場に残しながら、凶器でない短剣の鞘を現場に残すのは、いかにも不自然であった。

(誰かが、河内源氏を咎人に仕立て上げようとしている)

正盛にはそう思われた。あるいは、桔梗の彫られた鞘は何らかの暗号なのか。

「太刀の持ち主はすぐに分かったのであったな」

顕季が再び尋ねた。

「さようでございます。殺された義忠殿の叔父、義綱《よしつな》の息子義明《よしあき》の持ち物であったとか」

正盛は応じた。

義綱は八幡太郎義家の弟で、義綱も義明も、河内源氏の棟梁となった義忠を快く思っていなかったらしい。

この義綱と義明が検非違使につかまったなら、それで終わりだった。だが、その事を知った河内源氏の一派が、検非違使よりも先に義綱、義明父子に兵を差し向けてしまった。

「それで、ええと、何といったかな。殺された義忠殿の養子になっていたという……」

顕季が思い出せないようなので、正盛は後を引き取って、

「為義《ためよし》殿でございましょう」

と続けた。

源為義――このわずか十四歳の、我が子忠盛と同い年の若者の名を、正盛は胸に刻みこんでいた。

為義は、養父を殺された怨みは自らの手で晴らすのだとばかり、一気に義綱と義明を攻めた。そして、義明を戦死させた上、義綱を生け捕りにしたのであった。

（その齢の若者とは思えぬ）

正盛はかすかな嫉妬と焦りを覚えた。

我が子忠盛の器量が小さいとは思わないが、同じ立場に立って、為義と同じことができるかといえば、否と答えるしかない。

（為義は大物になるぞ）

それも、血筋を考えれば当然かもしれなかった。

為義はあの義親の息子なのである。

だが、逆賊の息子では源氏の棟梁になれないため、祖父義家が生きている間はその養子となり、死後は義忠の養子となった。

義忠は為義の成長を待って、この甥に棟梁の座を譲り渡すつもりだったのかもしれない。

「その為義とやらは、曲者だな」

顕季は正盛の胸中を見透かしたように言った。

「検非違使の動きを待たずに兵を起こすなぞ、乱暴にもほどがある。さすがは、あの逆賊義親の息子――」

そこで、顕季は正盛の顔色を窺うように、口を閉ざした。だが、正盛が義親という言葉に、何の反応も見せないのを悟って、仕方なさそうに先を続けた。

「その上、その為義とやらの働きが、まるで見当はずれだったそうではないか」

顕季はいかにも憤慨したという様子を取り繕ってみせる。

「はあ……」

正盛はあいまいに応じた。

為義が義明を討ち、その父義綱を朝廷に差し出した後、朝廷は義綱を佐渡への流罪に処した。

ところが、その後、真の咎人が発覚した。

現場に、義明の太刀が落ちていたのは事実だが、それを盗ませて殺害を命じた者が他にいたのである。

それは、義忠のもう一人の叔父源義光《よしみつ》であった。実行犯の武士はすでに死んでいたが、それを調べ上げて報告した者がいたのである。

ところが、義光は捕らわれる前に、常陸国《ひたちのくに》へ逃亡し、行方をくらましてしまった。義光が咎人であるという確かな調査も行われず、佐渡へ流された義綱が許されることもなかった。

結局、真相はうやむやになってしまったのだ。

「真の咎人が分からぬ以上、為義とやらの先走りも裁かれることはないであろうが……」

顕季が言った。

正盛としては、為義の成長こそが恐ろしい。河内源氏はこの度の一件により、有力者を次々に失い、残ったのは為義だけとなってしまった。

結果として、為義が河内源氏の若き棟梁に収まったが、これはただの偶然であろうか。

まさか、十四歳の為義が糸を引いていたとは思われないが、真の咎人は義綱でも義明でも義光でもなく、別にいるのかもしれない。

(その者が、為義を棟梁にせんと欲したならば……)

その人物とは、為義の父親である義親ではないのか。

(本物の義親が生きている！)

正盛の心に衝撃が走った。日ごろ、感情を表に出さぬよう気をつけている正盛だが、この時は表情に出てしまったかもしれない。

「まあ、為義とやらが力を得ることはないであろう。法皇さまにおかれては、この度のいざこざで、河内源氏は信用がおけぬと、すっかりご立腹であらせられるゆえな」

正盛を安心させるように、顕季が続けた。

「さようでございますか」

正盛は表情を和らげ、顕季の顔色を窺うように見た。

この男を頼るしかないと、正盛は思う。

白河院にとって、八幡太郎義家はお気に入りの近臣だった。にもかかわらず、その子孫である義親、為義らの末路はどうか。為義はまだこれからだが、白河院から見放されれば、この都での出世は叶うまい。

やんごとなき人々の気まぐれには、もう慣れているつもりだった。

だが、忠盛やその子孫たちを、河内源氏の一族のようにはしたくない。させてはならない。

そのためにはどうすればいいか。そのやり方も、正盛は分かっていた。

（尽くし続けるしかないのだ）

白河院にも顕季にも、そしてその子孫たちにも、持てる限りのものを与え続け、尽くし続ける。そうすれば、彼らの寵愛が伊勢平氏から離れることはないであろう。

（すでに、法皇さまへの次なる献上品は用意してある）

正盛は意を決して、顕季を見た。

「ところで、喉も渇いておられましょう。十分なおもてなしもできませんが、酒《ささ》など用意させました。そこで、お目にかけたい者がいるのでございますが……」

「ほう」

顕季は少し気を引かれたふうに、眼を見開いた。

「それがしの娘も同然の者でございます。修理大夫さまのお目に適《かな》えば、仙洞《せんとう》にも、と――」

仙洞とは院御所――つまり、白河院に仕えさせたいと言ったのである。

はっきり言っておいたのは、顕季が気に入って、自分のものにしたいと言い出すのを、事前に制するためであった。もっとも、五十を過ぎた顕季がそれほど女に執着するとは思えないが、といって、白河院とて乳母子の顕季と同じような年齢である。

それでも、白河院の女人への関心は低くないはずだから、正盛の企みはおそらく成功するはずであった。

「それでは、とにかく見せていただこうか」

顕季は、確かな言質は与えずにそう言った。実物を見てから判断するつもりらしい。もっと身分の高い家の娘ならば、実物を見るまでもなく、口利きをするはずであった。正盛はかすかな屈辱を覚えつつも、心中には自信を持っていた。

あの榊を見て、腰を抜かすなよ——そう思いながら、正盛は妻戸の外へ、酒を運んでくるよう声をかけた。


結果はすべて上首尾だった。

正盛は酒を運んでくる下仕えの女房と共に、榊と由比の姉妹を呼んだ。自己申告を信じれば、榊はこの年十八歳、由比は十五歳であるという。

顕季の眼差は榊の上にばかり注がれていた。

「これはまた、山奥に咲く牡丹の花か」

山奥とは無礼な言い草だが、もちろん、正盛は何も言わなかった。

「あちらさまも、さぞやお気に召しますことでしょうな」

榊と由比の前で、白河院を暗示させる言葉は吐かなかったが、顕季はそう断定した。

「管弦や今様の素養などは――」

顕季の質問には、正盛が答えた。

「田舎育ちなもので、何分にも――」

「それはよくない。せめて形だけでも身につけておくとよかろう。さよう、源清経《きよつね》という監物《けんもつ》がいたが、その者がたいそう芸事に秀でておるという。和歌にも通じ、今様や蹴鞠《けまり》は都一との評判じゃ。その者に指南してもろうてはいかが」

源清経の評判は正盛も聞いていた。同じ武士階級ではあるが、都生まれの都育ちで、正盛とは正反対である。出世や武芸よりも、今様や蹴鞠への関心が強く、その道を究めるためなら労は惜しまぬという風流人らしい。

わざわざ付き合いを求めようという気もなかったが、榊のためならば、清経の前に頭を下げることなど、何でもなかった。

「修理大夫さまのお口利きがございますれば、先方にも話が通じやすいかと存じますが……」

正盛が言うと、

「ふむ。では、私の方からも監物に頼んでおこうぞ」

顕季は調子よくうなずいた。

顕季は顕季で、この榊を白河院に奨《すす》めることに夢中のようだ。

上機嫌の顕季を送り出してから、正盛は榊と由比の二人を再び呼び、仙洞御所へ上がるための仕度を進めるようにと申し渡した。ついては、先方の都合がつき次第、和歌と今様の師として、源清経を呼ぶつもりだとも告げた。

この一方的な宣告に対し、由比が驚きの目を見張ったのに対し、榊はその表情をほとんど変えなかった。もちろん、嫌だなどと言い出すこともなかった。

（まるで、こうなることを予測していたかのような落ち着きぶりではないか）

正盛は内心で満足の笑みを浮かべた。

二

正盛が上機嫌な顔で帰宅したのは、それからひと月も経たぬうちのことであった。

「喜べ。法皇さまが榊と由比に、謁見を許すと仰せになられたぞ」

出迎えに出た息子の忠盛に、正盛は陽気に告げた。

「榊と由比を――」

忠盛は父を見返し、怪訝《けげん》な表情を浮かべた。

「わしが熊野で神女を拾ったという話に、いたく興味を示されての。ならば、ぜひ会うてみようという思し召しなのじゃ」

　正盛は昂奮した口調で、早口に言った。

　もちろん、これは藤原顕季のお膳立てによるものである。白河院が興味を惹かれるよう、事前に榊と由比の話を耳に入れておいてくれたのだ。

　正盛はすでに決まったことのように話すが、忠盛がこの話を耳にするのは初めてであった。

　無論、榊と由比が顕季に会ったことも知らない。だが、榊と由比を白河院の眼に触れさせるという父の目的がどこにあるのか、分からぬほど、忠盛は鈍感ではなかった。

（それは、榊と由比を売るのと同じではないのか）

　忠盛の心は引っかかった。

（父上が期待しているのは榊だ。しかし、法皇さまが二人に会いたいとおっしゃった以上、由比もお目見えに連れて行かれてしまう……）

　姉妹二人の身を案ずる気持ちに偽りはない。だが、それぞれを思いやる気持ちに、温度差が出てしまうのはどうしようもなかった。

　忠盛はいつしか、由比の慎ましさを好もしく思うようになっていた。

　榊の方が整った美貌をしているのだと思いはしても、心を動かされることはない。だが、世間の男たちが、榊をこそ望むだろうということは、十分に想像できた。

まさか、目立たぬ由比が白河院の眼に留まることはあるまいが、それでも、由比が連れて行かれることに、忠盛は不安であった。

数日後、見事な女房装束と化粧道具が邸に届けられた。すべて、榊と由比が白河院の御所へ上がる日のため、正盛が急いで注文したものである。

そして、いよいよ二人が仙洞御所へ出向く日の前日、忠盛は榊から局へ呼ばれた。いつも傍らにいる由比はおらず、その事が忠盛を少しがっかりさせたが、もちろん表には出さない。

「正盛さまは、法皇さまが宮仕えせよと仰せになられたら、黙って従うようにと、仰せでございました」

榊は前置きもなく、きびきびとした口調で言った。

「父上が！」

予想していなかったわけではないが、榊にそのような申し渡しをしていたのは意外であった。

「忠盛殿はどうすればよいとお思いですか」

榊はまっすぐに忠盛を見つめて言った。吸い込まれそうな黒い瞳が熱く燃えている。思わず、忠盛は眼を伏せてしまった。

「何ゆえ、私に尋ねるのですか」

「忠盛殿の仰せの通りにしようと思うからです」

榊は躊躇《ためら》わずに答えた。何ゆえ――と、続けて問うことはできなかった。問うてしまえば、抜き差しならぬ返事が返ってきそうな気がしていた。

「榊殿が……仙洞御所にお仕えしてくだされば、父上はお喜びになるでしょうが……」

「忠盛殿もお喜びになるのですか」

「それは……我が家への法皇さまのお覚えがめでたくなるのは、喜ばしいことですし……」

うつむいたまま言いかけた忠盛は、そこでようやく顔を上げて続けた。

「だが、榊殿が嫌だと思うのならば、何も我が家のために犠牲になることは……」

「忠盛殿の仰せの通りにすると、申し上げたはずです」

榊は忠盛の言葉を遮ると、決然とした口調で言った。

「私が仙洞にお仕えするのをお望みならば、そう致しましょう。お話はそれだけです」

最後は冷たくそっけない物言いだった。

「その、父上は榊殿にだけ、宮仕えせよとおっしゃったのですか」

榊は光る眼を忠盛に向けた。

「由比のことが気になるのですか」

「いや、そういうわけでは……」

忠盛は横を向いた。左の眇が窺うように榊を見つめている。

「正盛さまから、このお話を承ったのは私一人です。されど、由比も共に、という話になるかもしれません」

忠盛は黙っていた。

「由比の身を案じているのですか」

私のことは案じてくれなかったのに――榊の口から、その言葉が漏れるのを、忠盛は恐れた。だが、榊はそれ以上、何も言わなかった。

忠盛も、続けて由比への気がかりを口にすることはできなかった。

二人は黙ったまま別れた。

そして、翌日、榊と由比は正盛に伴われて仙洞御所へ上がり、帰ってくることはなかった。


一人でじりじりと待ち受ける忠盛の許へ、ようやく正盛の帰館が触れられたのは、その日の夜も更けてからであった。曹司《ぞうし》を飛び出した忠盛は、母屋で挨拶を述べるため、父を待ち受けた。

「お帰りなされませ」

折った腰を上げた時から、忠盛は不安に顔をゆがめていた。

「榊と由比は、どう致しましたか」

父を非難しないでいるためには、答えの分かっている問いかけを続けるしかなかった。

「うむ、お側で召し使ってやろうとの、法皇さまの勿体無い思し召しでな。御所に残して来たのじゃよ」

正盛の口許には、悠然とした笑みが零れている。

「榊と由比は承知したのですか」

「承知も何も、法皇さまのご命令に背ける道理がない」

息子の心のありかが分かったのだろう。正盛は上機嫌な顔を納めて、憮然とした面持ちで言った。

見慣れた父の顔が見知らぬ人のように見える。己の出世のために他人を利用する男の顔は、卑しく映った。

（だが、私に父上を非難する資格があるのか。私は、榊を引き止めなかったというのに……）

忠盛は拳を握りしめた。自分自身までも限りなく厭わしかった。

とはいえ、少なくとも、榊はそうしてもよいという覚悟を抱いて、御所へ上がったはずだ。だが、由比は違う。あのおとなしく慎ましやかな少女が、宮仕えなどできるはずがない。

「父上は、榊と由比を売ったのですね」

腹の底から冷え冷えとした声が出た。

「売ったとは聞き捨てならぬ。わしは法皇さまから、何もいただいておらぬ」

「これからいただくのでしょう。父上はご自分の出世のためならば、何でもできるお方だ」

それを聞くや、正盛は突然、膝を付いて、忠盛の衿《えり》ぐりをつかんだ。

「わしが己の出世欲だけに駆られて、二人を御所へ上げたと思っておるのか」

「家のためだとおっしゃいますか」

それは詭弁だと思いながら、忠盛は父を睨んで言い返した。

父を睨む右眼は炎のように燃え上がり、左の眇は死んだ魚のように虚ろであった。

「父上は家のためといえば、悪事さえ許されるとお思いですか。ご存知でしょう。義親の首が贋物だと言われていることを――。平家の棟梁は、偽りの首を院に差し出して出世したと――」

忠盛は義親の首の真贋を疑っていた。それを父に問いただす時が来るかもしれぬと、思ってもいた。

だが、それはこんな訊き方ではなかったはずだ。こんなふうに、初めから父を責めるような言い方をするつもりはなかった。たとえ、父が贋の首を差し出していたにせよ、忠盛はその理由にも父の考えにも耳を傾けるつもりであった。

やがて、衿をつかむ父の手から力が抜け、その反動で、忠盛は床へ転げ落ちた。

「そなたの……ためじゃ」

朧朧をしぼるようなその声には、愚劣な父親の寒々しい響きがあった。どんな父であれ、その言葉を拒絶するのは、息子として道義にもとるものであった。

忠盛の躯を燃え盛っていた炎は、この一言で一気に萎えた。

「首が義親のものかどうかは、知らぬ」

しぼり出すような声で、正盛は言った。

「首の男は義親だと名乗りを上げて、我が手の者に討たれた。生け捕りにした者どもも口をそろえて、その首が義親だと言った。だから、わしは信じた。影武者かもしれぬという疑念は、信じると決めた時、すっかり消した。そうすることが必要と思うたからじゃ」

生きるとはそういうことだと、正盛の眼が告げている。

忠盛は眼を伏せた。父の言わんとすることはよく分かったが、それに従うことは己の心が肯《がえ》んじなかった。

「そなたは何も分かっておらぬ。少しは大人になれ」

正盛もまた、正面から我が子に向かって言うことを避けた。

「そうした我が思いを知ればこそ、榊も由比も四の五の申さず、法皇さまのご意志に従ったのだ。あれらも、そなたの出世を望んでおる」

曙の朝顔を思わせる、由比のはかなげな面差がふっと浮かんだ。

それ以上に、欲するものが他にあるだろうか。

「出世なぞ……」

忠盛の口が勝手に動いた。

「分からぬ奴め！」

正盛はかっと激情した。

先ほど、そなたのためだと呻いた父は、これも息子のためだと言うのか、平手打ちを忠盛の頬に食らわせた。

「わしのやり方が気に食わぬなら、そなたはそなたのやり方を貫くがいい。女を取り返したいと思うならば――」

そこまで激情に任せた物言いをしていた正盛が、ふっと息を沈めた。あえてそうしたのか、あるいは、そこで力が尽きたのか、忠盛には分からなかった。

「自分の足で仙洞御所へ行き、おのが力で奪い返してまいれ。法皇さまよりも、女を幸せにできると思うならばな」

言い終えた時にはもう、正盛の足の先は母屋の妻戸へと向けられていた。

忠盛は起き上がる気力も持てず、去って行く父の背を見送ることもしなかった。

春はまだ早い。床からはしんしんと冷気が立ち上ってくる。ほのかな木の匂いを嗅いでいると、ふいに鼻の奥がつんと痛んだ。視界が急にあいまいになり、忠盛は静かに眼を閉じた。

——おのが力で奪い返してまいれ。

父は決してそれを望んでいない。忠盛にはさような真似はできぬと見くびっているのだ。それが口惜しかった。

大声を上げて泣いたというわけでもないのに、我に返った時には、涙も涸《か》れ果て、躯中の骨も砕けたように、力が抜けていた。

由比を奪い返す力は、どこを探しても湧いてきそうにはなかった。

三

永久五（一一一七）年の夏——榊と由比が白河院の御所へ仕えるようになって、七年が過ぎていた。

榊は二十六歳――今なお、咲き誇る牡丹の花と言われている。

榊は御所へ上がったその夜のうちに、白河院の寵愛を受け、その寵人《うつくしびと》に納まった。その後、祇園に与えられた御所へ移り、今は白河院がこちらへやって来る時だけ、その側に仕えている。

「女御《にょうご》さまあ……」

御所中に蜜を撒き散らすような甘ったれた声が響き渡った。

誰の声かは確かめないでも分かる。璋子《たまこ》のものだ。

璋子はこの年、十七歳――女である榊の目から見ても、まさに男から愛されるために生まれてきたような少女であった。いわば、男が備えていてほしいと思うすべてを、璋子は備えている。

璋子のように高貴な貴族の娘も、璋子のように淫らな遊女も、璋子のように美しい娘も、世の中にはいくらでもいるだろう。だが、そのすべてを備えた女はどこにもいない。

素直で従順でありながら、驚くほど狡猾で意地が悪い。甘ったれでわがままで勝手気ままに振舞っているように見えて、実は計算高く辛抱強さも併せ持っていたりする。

この娘に、この数年、どれほど振り回されてきたことだろうと、榊は溜息を漏らした。

璋子が女御と呼んでいるのは、榊のことだ。

榊は白河院の寵人になってから、祇園女御と呼ばれるようになっていた。女御とは、帝や上皇の妃のことだが、もちろん身分の卑しい榊が正式な女御の宣旨を被ったわけではない。

女御のような扱いを受け、女御のように大事にされているからつけられた呼び名であった。

もっとも、御所中の者たちが榊を女御と呼んでいたから、璋子がそう呼ぶのは不思議ではない。だが、璋子はれっきとした大納言家の娘である。

そのような娘が榊を女御さまと呼ぶのは、嫌味なのではないかと、榊は考えたこともあった。

璋子は白河院の近臣だった藤原公実《きみざね》の娘であるが、公実の死後、白河院に引き取られた。

生母は存命だが、鳥羽帝の乳母として内裏に仕えていたため、璋子の世話ができない。そうした身の上を哀れんだのか、白河院は榊に璋子の面倒を見させた。

「この榊を母と思えよ」

そう言ったところをみれば、榊を璋子の召使にするつもりではなかったらしいが、母娘というのも無理がある。榊と璋子は九歳しか離れていないのだ。

さすがに、璋子も榊を母とは呼ばなかったが、榊に甘えることには何の抵抗も覚えなかったらしい。女御さま、女御さまと呼んで甘えてきたが、璋子の甘えというのは要するにわがまま放題に振舞うことに他ならなかった。

「ねえ、女御さまあ！」

璋子は榊の局に入ってくるなり、手にしていた表衣《うえのきぬ》をふわりと投げ捨てた。白地に細かな花の文様が織り込まれた上等の絹である。璋子がそれを投げ捨てた瞬間は、天女が舞い降りたかのように見えた。

「どうなさったのですか」

璋子は榊の前に、音も立てずに腰を下ろした。

「わたくし、濃き紅地の表衣が欲しいと申し上げましたのに、届いたのはこれでしたの。女御さまったら、もう物忘れでございますか」

璋子はその愛らしい外見からは少し予想外のような、甘くもの憂げな声で文句を言った。気分を害しているらしいが、おっとりとした物言いであるためか、あまりとげとげしくは聞こえない。だが、その内容にはかなりの悪意がこめられていた。

このくらいで腹を立ててはいけないと、榊はこらえた。

「もちろん覚えておりますとも。それは、まだ仕上がっていないのでございます。ただいま、お届けした白き表衣は、入内の折にお持ちする品として、法皇さまがご注文なさったお品にございましょう。璋子姫はお肌の色が透き通るようでございますから、さぞや氷襲《こおりがさね》のご装束がお似合いであろうと——」

「わたくし、そんな話、聞いていませんわ」

　璋子は唇をとがらせて言い返した。そういう表情が自分を魅力的に見せるということを、十分に承知しているかのようなしぐさに見えて、榊は少しの間、言葉を失っていた。それでも、気を取り直して、口を開いた。

「ともかく、このお品はご入内の日まで、大切にしまっておかれませ。このように投げ捨てられては、法皇さまがお嘆きになられましょうぞ」

「法皇さまはお叱りになるかしら」

「さあ、璋子姫のなさることなら、何でもお許しになるのではありますまいか。いつも、そう仰せではございませんか」

　璋子はそう言わせるために、質問したのだというように、満足げに微笑んでみせた。

「じゃあ、この表衣はしまわせておいて。そうだわ、由比にやらせてちょうだい。あの子、装束の手入れがとても丁寧だから、気に入っているんですの」

　璋子はわざとのように言った。

　もちろん、璋子は由比が榊の妹だということを知っている。それでも、由比のことは呼び捨てにしていた。扱い方も、まるで女房のようである。

（あなただって、法皇さまに愛されていなければ、由比と同じように扱ってやるのに……）

璋子の声が聞こえてくるようで、榊は耳をふさぎたかった。

「それでは、そう致しましょう。ご入内の日まで、ご衣装のお世話は由比にやらせましょうか」

「それがいいわね」

璋子は榊が怒りや不満を見せないためめか、少しつまらなそうに言った。

璋子はこの年の冬、鳥羽帝の許《もと》へ入内することが決まっている。璋子の叔母が鳥羽の生母であったから、二人は従姉弟同士だ。

それでも、父親のいない璋子の身を慮《おもんばか》って、白河院は璋子を自らの養女となし、入内させることにした。養母ということになっている榊も、今は璋子の入内の世話をするため、せわしない毎日を送っている。

（早く出て行ってくれればいい）

それが、榊の本音だった。璋子とて、入内すれば、夫である鳥羽帝の側に生母が仕えているのだから、その方が嬉しいだろう。

（でも、法皇さまとの御事《おんこと》はどう思っているのか）

榊はそのことを考えると、いつもそうであるように、目の前が暗くなるような心地がした。

いつが最初であったかは知らないが、いつの間にか、白河院と璋子は男女の仲になっていたのだ。少なくとも、璋子が十四歳になった三年前には、二人の間にそうした関係が生まれていた。

それでいながら、白河院も璋子も平然と暮らしている。平然と榊と顔を合わせ、それまでと同じように応対している。

まるで何事もなかったかのように――。

まるで榊が何も気づいていないかのように――。

だが、榊は二人の仲を知っていたし、榊が知っていることを、二人とも感づいているはずだった。

二人が閨の中で、自分のことをどう言っているのかと思うと、榊はいたたまれなくなる。

それでも、榊がその事で白河院を問いただしたことはないし、璋子を問いつめたことはない。榊もまた、何事もなかったかのように暮らしているだけだ。

それが、上流階級の人々の生き方だということを、榊も分かっていた。

「ねえ、女御さま。わたくし、存じておりますの」

その声に榊がはっと我に返ると、璋子が上目づかいに榊を見つめていた。

「何を——でございますの」

「女御さまが本当は、伯耆《ほうき》を愛しているということ」

からかうように、璋子は微笑んで言った。榊は我にもなく顔を強張《こわば》らせた。平然とした顔色を取り繕おうとするのだが、何かで貼り付けられたかのように頬の肉も視線も動かせない。

「驚いていらっしゃるのね」

璋子が声を立てて笑った。

伯耆とは伯耆守を務める平忠盛のことだ。榊と由比が六波羅を出た時、十四歳の少年だった彼も、今では二十二歳の立派な若者になっていた。白河院の寵愛も厚く、璋子が入内して女御となった折には、その家政機関の長官、すなわち政所別当になることが内定している。

「そんなに怖い顔をなさらないで。法皇さまには申し上げておりませんわ。それに、夫以外の想い人を持つのは、当たり前のことですのに……」

「何を……おっしゃっているのですか」

「ああ、でも、伯耆の方は女御さまを見ていませんわね。あの者が見ているのは、いつも由比ばかり。ねえ、女御さま。由比って地味な子ですわよね。女御さまの前では、いつも霞んでしまうのに……」

榊の肩を持つかのように、璋子は言った。

「でも、ああいう娘がいいっていう男も、けっこう多いのですって。法皇さまが教えてくださったの。そうおっしゃる法皇さまも、ああいう子と遊んでみたいと思っておいでなのかもしれませんわ」

璋子の蠱惑的な声がささやくように言った。躯の奥をしびれさせるような声だと、榊は思った。

「由比には……気をつけた方がよろしいですわ」

璋子は続けて、榊の耳に毒を含んだ言葉を吹きこみ続ける。

「素直そうな顔をして、女御さまを裏切るのはああいう女なんですわ」

自分を裏切って、白河院を奪ったのは、他ならぬ璋子ではないか。そう言ってやりたいのを、榊はこらえねばならなかった。

璋子と白河院の許されぬ関係は、すでに都中の貴族が知っているだろう。もちろん、幼い鳥羽帝を除いてのことであるが……。

数日前のことである。

——璋子姫の入内を、何とか阻止してくださらぬか。

鳥羽帝の摂政を務める藤原忠実《ただざね》が、ひそかに祇園を訪ねてきて榊に頼んだ。

いずれ真実を知って苦しむことになる鳥羽帝を思っての言葉に違いない。だが、榊は自分にはどうすることもできないと、それを断ったのだ。

――もしや、あなたさまは璋子姫を、この御所から追い出したいだけなのではありませんか。

忠実は最後に、痛烈な言葉を吐き捨てていった。

貴族社会の頂点に立つ忠実のような者にとって、榊などは見下してよい存在なのだろう。

もちろん、忠実の言葉は真実である。だが、それの何が悪いのか。

(私はもう、この姫のお守《もり》に疲れてしまった!)

忠実とて、自分の息子忠通《ただみち》と璋子の縁談が起こった時は、すがるようにして縁談をつぶしてくれるよう、榊に頼んだではなかったか。三年前のことである。

当然ながら、璋子と白河院との関係を知った上でのことであった。

誰もが璋子の妖魔《おかみ》のような魅力から、逃れられるものなら逃れたいのだ。

(押しつけられる主上が、お気の毒ではあるけれど……)

顔も知らぬ鳥羽帝のことを思うと、確かに榊の心にも哀れみが湧かぬわけではない。

(でも、この姫と一緒にいると、私までおかしくなりそうだわ)

榊は妹由比の顔を思い浮かべた。

由比は今年で二十三歳になるが、この璋子より幼く見える。

「由比に、伯耆をあっさりとお譲りになってはなりませんわよ」

毒を注ぎこむように、璋子はささやいた。

だが、悪意をもってしているとは見えぬほど、その顔は愛らしかった。

抜丸の秘密

一

璋子は永久五年の十二月、鳥羽帝の女御となり、間もなく中宮《ちゅうぐう》に冊立された。白河院の養女として入内する璋子のため、榊も形ばかりの養母を務めなければならない。これは榊にとって、心労のかさむことであった。

榊の立場は、生まれながらの身分や家柄によるものではない。ただ白河院の愛情によるものであったから、周囲の公家たちが榊に向ける眼差は冷たかった。

璋子や忠実でさえ、榊を見下していたのだ。

それでも、璋子を内裏へ送り出すまで、榊は見事に養母の役を務め上げた。あの姫の養母として、振舞わねばならなかった日々の苦労を思うと、とにかく璋子を手放せることが嬉しかった。その思いだけが榊を支えていたと言える。

璋子のような気まぐれでわがままな少女に振り回されるだけでも、十分な苦労であるというのに、その少女は榊から白河院を奪って平然としていたのだ。

（あの姫だけは許せない）

白河院を奪ったことではない。

白河院に抱かれながら、胸の奥底に秘めてきた榊の想いを、あの可愛らしい小鬼は見抜いていた。その事がどうしても許せなかった。

忠盛は予定通り、入内して翌年には中宮となった璋子の政所別当となった。

忠盛もすでに二十三歳――。

左の眇だけは変わらないが、凛々しい若武者となった。小柄ながら、生真面目に取り組んだ努力が報われて、弓矢や馬術等の武芸にも長じている。天才の器ではないが、真面目さゆえに愚鈍に落ちることはない――それが忠盛という男の本質であった。

榊はとうに忠盛の凡庸さを見抜いていた。

だが、それゆえにこそ、忠盛に想いを寄せることになった。

非凡であるのはつらいことだと、榊は知っていた。人に抜きん出ることは、己の生を暗いものとする。榊自身、人並みならぬ容貌に恵まれたがため、人とは異なる人生を強いられている。

白河院の寵妃となった身の上を、この上もない幸運と言う人も多いだろう。だが、その運命は榊を幸福にはしなかった。

（私が望んでいたのは、ただ、あの方の傍にいることだけだった……）

だが、榊の性格は、それをそのまま口に出すことを許さなかった。愛する男の望むままにすると言い、その男の言う通り、仙洞御所に宮仕えをすることになった。その宿命を悲しむことはあれ、悔いたことはない。

忠盛の心が妹の由比に寄せられているのは、うすうす感づいていた。それでも、犠牲を強いられた榊の恋が実らなかったように、忠盛の恋もまた、実らぬはずであった。由比もまた、榊と共に宮仕えをすることになり、忠盛の傍らにはいられなくなったのだ。時の流れと共に、忠盛の想いもまた、薄れてゆくに違いないと、榊は思っていた。

だが、その予測は外れた。

ある日、榊は由比の文箱《ふばこ》に、忠盛と交わした贈答歌を見出したのである。

天《あめ》の海にいざ漕ぎ出でむ　かささぎの渡せる橋に立つ妹《いも》がもと

渡り鳥のかささぎは年に一度、七夕の夜、天の河に連なって牽牛と織姫の架橋になるという伝説がある。

そのかささぎの橋の手前に立っているあなたに逢うため、天の海に、さあ漕ぎ出していこう。

捻れたところのないまっすぐな恋情であった。歌い上げられた直情は、決して巧みな歌とは言えぬものの、ただそれだけで胸を打つ。

この歌を贈られたのが、何ゆえ自分でなくて、由比なのか。榊はかつて抱いたこともない、ほの暗い嫉妬心を燃え上がらせた。

舟人《ふなびと》の舵《かじ》の行方を知らざれば　天《あま》の河原に濡るる袖かな

こちらは、下書きが大切にしまわれていた。浄書したものは忠盛の手許にあるのだろう。

舵の行方、あなたの恋心の行方が分からないので、私は天の河原で泣いております

——という恋の返歌である。よい出来栄えであった。

男の求愛に、女は初めから応じないのが世の慣《なら》いである。ふつうは、詠み込まれた和歌の内容を巧みにずらして、男の心を試す。由比の返歌もその仕来りに沿ったものだが、榊の想像の中で、妹は急に図々しく忌々しい女に変貌していた。

——素直そうな顔をして、女御さまを裏切るのはああいう女なんですわ。

璋子の声が耳許でこだましていた。

大輪の牡丹のような榊の傍らで、朝顔のようにひっそりと暮らしながら、由比はひそかに女の手練手管を育てていたのか。

暗く甘い情念の蜜をたっぷりと蓄え、目当《めあて》の虫を捕らえるべく開花した食虫花――それが由比という女の本質であったか。

愛らしく素直な妹――これまで由比をそのようにしか見てこなかった榊は、裏切られた姉の気分を存分に味わわされた。

この報復は必ず果たさなければならない。

それほど齢《とし》の違わぬ榊が、まだ男を知らぬうちから、白河院の手に弄ばれたにもかかわらず、由比は未だに清らかな乙女であろう。

それだけでも、自分には由比を傷つける資格があると、榊は思った。榊の憎しみは白河院や忠盛ではなく、由比に向かって集中した。

「忠盛殿とのこと、知っているのですよ」

榊は由比にささやいた。責めるような物言いではなく、むしろ、その声には妹を労わる姉の慈しみがこめられているように聞こえた。

由比ははっと顔を赧《あか》らめ、うつむいてしまった。

「あなたは、ご自分の出自を忘れてしまったの」

榊は胸の炎を抑え、貞女を装う女に向かい一撃を放った。由比は途端に顔色を蒼ざめさせた。

「平家一門が私たちにとって、どういう存在か。よもやお忘れではありますまいね」

「でも、お姉さま」

必死の眼差が榊を刺した。

蒼ざめた顔面にすっと刷いたような眦《まなじり》は、心なしか紅を帯びて見える。

凄惨なまでの覚悟を向けられているのに、女の媚態が重なって映る。そんな女の技量を見せる妹を、榊はいっそう憎いと思った。

「私たちは父上に捨てられたのです。昔の出自にとらわれ続けるのは、愚かではござりませぬか」

「何という、恥知らずなこと」

榊は汚らわしいものを見た後のように、由比から眼をそらした。睫が音を立てたのではないかと思われる勢いであった。

さすがに由比は小さく身を縮めてうなだれている。

「あなたは父上の仇敵に、身を任せるのですね」

乾いた声で、榊は訊いた。由比にとっては、刃を突きつけられるより鋭い攻撃であったはずだ。

だが、由比は退かなかった。

「でも、父上は亡くなってはおりませぬ。義忠殿が殺された時、桔梗を描いた鞘が落ちていたと聞きましたもの。あれは、父上の持ち物でした。父上は生きておられます。ならば、正盛さまも忠盛さまも、私たちの仇敵ではありませぬ」

「詭弁です」

榊は決めつけた。

「正盛は父上を討ち滅ぼしたのです。仮に、それが偽りで、父上がどこかで生きておられようとも、正盛の一門が父上の仇敵であることに変わりはありませぬ」

「されど、忠盛さまと私たちの間に、怨恨はありませぬ」

「私とて、忠盛殿一人をどうこう申すのではない。私たちの家門と忠盛殿の家門は、相容れぬものだと申しているのです」

「さような家の誇りなど、私ども女子《おなご》に関わりあることでしょうか」

「ならば、我らの家門がどうなってもよいと、そなたは言うのですか」

由比はうつむいたまま答えなかった。榊の眼に、それはふてぶてしい態度と映った。この図々しさを打ち砕く方法は、もはや一つしか残っていない。

「正盛は父上のお心を蝕んだだけではありません。己の出世に眼がくらみ、この私を法皇さまに貢いだのです。私の無念、そなたとてよもや知らぬとは申しますまい」

由比はうなだれたまま動かない。だが、顔は見なくとも、榊には由比の変化が分かった。由比は姉一人を犠牲にして、負い目を感じぬ性質《たち》ではなかった。

「我が身の嘆きを聞かせようというのではありませぬ。私は承知の上で、法皇さまに抱かれたのです。でも、それはあの男の一族を引き上げるためではない！　我が家と父上のご無念を思えばこそ！」

「私には！」

顔を上げた由比の眼には雫が浮かんでいた。

「お姉さまのごとく強く生きることは、むずかしゅうございますわ」

言い終えるなり力尽きた様子で、由比はがくりとうなだれた。常に前を歩いてきた勝気な姉に圧《お》されて、由比は意志を貫こうという気も薄れかけている。

「思い出してちょうだい、由比」

榊は表情を和らげ、一転して優しい声を出した。

「父上は都を出る時、私たちを知人の山賊に預けてゆかれた。その時には、すでに朝廷に背くおつもりだったから、源氏の一族には預けなかったのでしょう。それからずっと、二人で生きてきたわね。山賊たちは私たちに盗みをさせたり、賭場で働かせたりした。そなたは怖がって、泣いたけれど……」

「お姉さまのご苦労は、十分に分かっておりますわ」

泣き出しそうな声で、由比はささやくように言った。

「私は平気でしたよ。かわいい妹のそなたに、苦労をさせないことが私の誇りだったのだから……。今だとて、私と同じ苦悩をそなたに背負えと申すのではありませぬ。ただ、我が志を無にするごとき行いだけは、慎んでほしいのです」

妹の肩を抱き、榊は優しくささやいた。

「愛してしまったのですね、忠盛殿を――」

小さな頭が榊の肩にもたせかけられる。姉の肩の上で、由比は消え入るようにうなずいた。

「それを、とやかく言うつもりはありませぬ。恋というものには、誰でも悩まされるもの。けれど、あきらめなさい、由比。その恋は許されませぬ」

優しい物言いの中に、己の恣意を沈ませて、榊は言った。そして、しばらくの間、黙って待った。

やがて、妹が小さくうなずくのを見定めて、榊はようやく安心する。

「私の思いが通じたのですね。感謝しますよ、由比」

榊はことさら、優しく言った。

妹はこれで安心できる。後は、忠盛をどうするか。

由比の肩を抱き寄せながら、榊は次なる策をめぐらし始めた。

二

その剣は名を抜丸《ぬけまる》といった。

榊はその剣を別れ際に父から譲られ、ある時、妹の由比に託した。

――この剣は決して鞘から抜いてはならぬ。

父の戒めの言葉は、抜丸の不思議な伝説によるものである。

抜丸の持ち主が沼の傍らで休んでいた時、大蛇が現れ、その持ち主を呑みこもうとした。すると、抜丸は主人を守るため、勝手に鞘からするりと抜け出し、大蛇に切りかかって持ち主を助けたという。

そこから、この剣は抜丸と呼ばれるようになり、天下に名高い秘剣となった。

――抜丸は必ずやそなたらを守り、幸いを呼び寄せてくれる。されど、これは自ら鞘を抜け出すべき時を知る剣じゃ。己で鞘を払えば災いが降りかかる。ゆえに、決して鞘から抜いてはならぬ。

榊はその言葉を守り、剣の鞘を払ったことはただの一度もない。無論、榊は由比にも固くそう言い含めた。

素直な由比も鞘を払うことはせず、幸いを呼ぶ秘剣と信じて、大事にしまいこんでいることだろう。

（抜丸のせいだ……）

今になって、榊はそう思えた。妹一人に幸いが集まるのは、妹が抜丸を持っているせいだ。

だが、抜丸を返せとは、まさか言えない。こっそりと抜丸を盗み出すような真似も、榊にはできなかった。

榊にできる妹への報復は、妹の手で抜丸の鞘を払わせることである。

（忠盛殿の身に何かあれば……）

不幸を集めた女が望むのは、それを越える不幸を他人の上に見ることであった。

「いかがしたのか。思いつめた顔をして――」

忠盛ははっと我に返った。白河院の御前である。

御前に控えながら、その存在を忘れ、己の想いにふけるなどおそれ多いことである。かつての忠盛ならば、さような失策は決して犯さなかった。

忠盛が我を失っている理由を、榊は知っていた。由比が御前に出るのを遠慮した理由と同じである。

由比はおそらく、榊の言葉を素直に呑みこんで、忠盛に別れの言葉でも切り出したのであろう。それをまともに受け取った忠盛は、思いがけない女の拒絶に打ちのめされているのだった。

だが、追いつめられた者は時折、予想外の振舞いに出る。この時の忠盛がそうであった。

「法皇さま、おそれながら、この忠盛、願いたてまつりたき儀がござりまする」

「忠盛殿！」

白河院が口を開くより先に、榊は気色《けしき》ばんだ。

「控えなされ。法皇さまに対したてまつり、あまりに無礼な申しよう――」

腰を浮かしかねない勢いで、榊は忠盛を叱責した。そして、傍らの白河院に対しては、

「私に免じて、どうぞ、お許しくださいませ。忠盛殿は少し血迷うておられるのです」

媚態を含んだ物言いを向けた。今の白河院は榊の言うことならば、大抵は聞き届けてくれる。

この時もその例には漏れなかった。だが、白河院の考えは、榊の思惑を微妙にそれていた。

「よいよい。血迷うは若人《わこうど》の習いじゃ。余は血迷う若人が愛しい。忠盛よ、その望み

とやらを申してみるがよい」

「法皇さま！」

榊の物言いは、あえて忠盛の発言を邪魔するように聞こえた。

「よいではないか」

白河院が榊をあやすように言った。

「忠盛は先に、都に跋扈する盗賊を捕らえてくれた。その折、約したのじゃよ。いかなる望みでも叶えてやろうとな。忠盛よ、そうであったな」

「おそれながら、さようにござりまする」

「それを言わんとするのだろう。よい。許す」

白河院は機嫌よく言った。

うなだれていた忠盛が顔を上げた。

その右眼にあるのは何かに憑かれたような強い光芒であり、眇にはほの暗い情念が燃えている。正面に座している白河院に、その眇は見えず、榊の位置からはぞっとするような眇だけが見えた。

「女を一人、賜りとう存じます」

息も吐《つ》かずに忠盛は言った。恐れ入った素振りはなく、あたかも相手を脅迫するような物言いであった。もしも、この場に正盛がいれば、息子を張り飛ばしたであろう。

あるいは、息子が気狂いになったと慌てたかもしれない。

「女とな！」

だが、白河院は驚いてみせただけであった。そこには、不快な気配はちらとも見られない。だが、見た目だけで、その内心を判断するのは難しかった。

白河院の眼差がちらと榊の方へ流れてきた。その眼の奥に、愉快そうな色が漂っているのに気づいた榊は、あえて何も見なかった振りをした。

白河院もまた、榊には言葉をかけなかった。その眼差は再び忠盛の上に注がれた。

「余の許に願い出てくるとは、この御所にいる女なのであろうな」

白河院の声は優しかった。

「さように……ございます」

忠盛の声はかすれた。榊は忠盛の眇から視線をそらし、眼を閉じていた。

「ふむ。場合によっては許してやらぬでもない。いずれの女を好《い》いておるのじゃ」

忠盛はうなだれた。さすがに名を口に出すのは並々ならぬ胆力が要る。

「そう硬くなるな。見当がつかぬわけでもない」

白河院は口許に、酷薄そうな微笑をたたえて言った。

「この榊か、あるいは、由比か。そのいずれかであろう」

白河院はもう、榊の方を見ようともしなかった。

「まさか二人ともよこせと、申すわけではあるまいな。さすがにそれは許せぬ。由比か」

蕩《とろ》けるように甘い声が風となって、忠盛の躯を宙へ誘《いざな》おうとする。

「由比なのであろう。しかと答えねば分からぬではないか」

風は優しいそよぎから、あるいは夏の烈風となり、あるいは冬の寒風ともなって、忠盛の身に吹きつける。忠盛の躯は千切られるように、ついに地上を離れてしまった。

「……はい」

うなずいた時、忠盛の周りで風はやんだ。その躯はたちまち地に打ちつけられた。

「よかろう」

相変わらずの甘い声が、今度は冷気となって忠盛の肌を刺した。

「あれはおとなしき娘じゃ。そちとは似合いの夫婦《めおと》になろう」

「まことで……ござりますか」

喜びというより、恐れが先に忠盛を襲っていた。声は震え、身も震えた。忠盛は顔を上げることさえできなかった。

「めでたきことよ。のう、榊よ」

忠盛の問いには答えず、白河院は榊に水を向けた。

榊は閉じていた眼を開け、白河院に向かって微笑まねばならない。由比の姉として、妹の婚儀が調《ととの》ったことを喜ぶ姉の顔を見せねばならない。

「ええ、まことに――」

榊はそつのないにこやかな笑みを浮かべた。

「そちもこの話を嬉しく聞いたであろう」

粘っこく絡みつくような視線を向けられても、榊は顔を強張らせはしなかった。

「はい。私も嬉しゅうござりますわ」

心を隠すことには昔から長《た》けている。焼けただれるような懊悩はつゆ見せず、何気なさを装うのに苦労はなかった。

「では、そちもこの縁を祝福するのだな」

白河院はくどいくらいに榊に喜びを強いる。その意図を分かった上で、榊も最上の笑みを返した。

「由比はまこと、素直なよき娘です。忠盛殿、末長《すえなご》う慈しんでくださいませ」

白河院から眼をそらして、榊は打ちひしがれたような忠盛に、眼をやった。

榊の眼差を浴びた瞬間、忠盛は弾かれたように身を起こした。

「必ずや！」

ぶるりと身を震わせて、忠盛は誓う。喜びの実感は未だ、その胸にきたしていないようであった。

（それほどに、嬉しいのか）

榊の胸はきりきりと痛む。

「必ずや、お誓い申し上げまする」

息を弾ませて言うなり、忠盛は額を床にこすりつけた。

それへ隙のない笑顔を向けながら、榊はこの時、忠盛を心から憎いと初めて思った。

三

（夢ではないか）

由比を賜る許しを得て以来、忠盛の足は宙を歩くようであった。

そのくせ、由比の局に呼び出された時は足がすくんだ。

実直な性質が災いしたのか、この齢までめずらしく忠盛は女人を知らない。初めて触れる女は由比でなければならぬと、少年と言ってよい頃から、頑なに思いこんできてしまったせいであった。

だが、その思いこみのお蔭で、こうして由比を得ることが叶ったのだ。

忠盛は由比からの文に従い、月の出も遅くなった寝待《ねまち》の夜、暗い道を仙洞御所へ馳せた。

由比が御所へ上がって以来、忠盛は文のやり取りこそしてきたものの、女の局へ入ったことはない。局へ入るのは夫か恋人であったたし、これまではそのような関係ではなかった。

御所の局を訪ねるというのは、いかにも雅男《みやびお》のすることのようで、忠盛には照れくさい。できれば、由比を妻として平家の館に引き取りたいと思うのだが、その許しはまだ、白河院からいただいていなかった。白河院は、由比に御所を下がってよいとは一言も言っていないのである。

初めは忠盛が御所へ通うことになろうが、しばらくしたら由比を御所から下がらせようと、道すがら楽しい空想は尽きることがなかった。

忠盛は小暗い御所の奥にある由比の局へ、吸いこまれるようにして入った。中には、灯火もない。

眼が暗闇に慣れぬ忠盛は、どうしたものかと迷っていると、すうっと伸びてきた白い腕に袖を引かれた。

由比の性格からすれば、思いもかけぬ大胆さである。だが、その姿態を明かりの下で見られる恥ずかしさから、灯を消してあったのかもしれない。

忠盛は物も言わず、女の躯を力任せに抱きしめた。柔肌は熱く燃え、男の固い皮膚に触れた途端、蕩け出しそうに思われる。忠盛の逞しい腕に躊躇が走った。

だが、無骨な男の未熟と惑いなど意にもかけず、女の肌は薄絹のように忠盛にまとわりついてくる。全身を絡め取られそうになった忠盛は我知らず抗おうとした。

だが、男の抵抗を軽くいなした薄絹は、いっそうしなやかに、なおのことたおやかに、男を丸ごと捉えようとする。躊躇はやがて、かすかな震えを伴った恐れに転じた。

だが、それは一瞬のことであった。薄絹はまとってしまえば、肌にこれほど心地よいものはない。それに気づくより先に、躯が抵抗するのを止めていた。

やがて、男の五感は心地よい波にさらわれるように、女の肌に封じられた。


女が由比でないと知ったのは、すべての事が果てた後であった。

「私を……憎みなされ」

女は褥《しとね》の上に打ち伏している。

忠盛は茫然としたまま、事の次第をつかみかねていた。

「何ゆえ、かような真似を――」

「こなたさまを、お慕いしているからに決まっているではないか」

上眼づかいに向けられた眼差は、ぞっとするほどの艶を含んで濡れている。怨念の凝った瞳が震え上がらせるほどに恐ろしいのだが、それでいて、眼を離せないほど美しい。

忠盛は何も言い返せなかった。

白河院の思いものとなって久しい榊が、自分に想いを寄せているなど、どうして予想できたろう。

善人の鈍さは時に罪である。忠盛はようやくその事に思い至った。だが、だからといって、騙し討ちともいえるこの仕打ちが許されることはあるまい。

「由比は……由比はどこにいるのです」

その問いかけが榊をどれだけ傷つけることになるか、忠盛はなおも気づいていなかった。

「由比は――」

榊は、露を含んだような黒髪を重たげに持ち上げた。その眼の奥が不穏な光を発している。

「由比は、今頃……」

これは、忠盛と由比への報復の仕上げである。榊は音も立てずに息を吸いこみ、一呼吸置いてから続けた。

「法皇さまのご寝所に侍《はべ》っていることでしょう」

「なにっ！」

忠盛は褥の上に飛び上がった。腰は完全に浮き上がっている。

「由比が……由比が、法皇さまの御許に――」

ほとんどうわ言のように、同じ言葉をくり返した後、忠盛ははっと我に返った。

「あなたが仕組まれたのか。それとも、法皇とあなたとで、仕組まれたことなのか」

「どちらでも」

榊は皮肉をたっぷりとこめて言い返した。今や、愛する男を傷つけてやることだけが、己の矜持を守る術である。

「お好きなように、お考えなされませ」

榊の言葉を聞き終えもせず、忠盛は局の外へ飛び出して行った。

まさか、白河院の御座所へ駆けこむつもりでもあるまい。初恋を奪われ、騙し討ちにされた若い心が、これから御所を飛び出して、どこにその悲嘆と苦悩を沈めるのか。

「忠盛殿……」

哀れなことをしてしまった。

由比を傷つけ、忠盛を傷つけた榊の心に、苦悩がなかったとは言えない。それでもなお、榊は悔いていなかった。

おそらくは、もう二度と結ばれることのない相手――それでも、自分は永久《とこしえ》に愛し続けていくに違いない相手と、ただ一度の逢瀬を過ごしたのが、何ゆえ悪いのか。

これから先もずっと、愛してはいない男に抱かれ続けなければならぬ我が身である。

それならば、生涯でただ一度だけ、愛する男に抱かれた記憶を持っていたかった。榊は男の去った褥に身を臥せ、その残り香を抱いて眼を閉じた。二度とは得られぬその余韻を、今しばらく味わっていたかった。

だが、もはや男が引き返すことも、後朝《きぬぎぬ》の文が届けられることもあるまい。榊は重い躯を引きずるようにして、由比の局を出た。今はただ、自分の寝所で泥のように眠りたかった。おそらく、今宵は白河院から伽《とぎ》を申しつけられることもないであろう。

だが、榊が自らに与えられた北の対に戻ると、中に動く人影があった。

「だれっ！」

様子を見ようという余裕もなく、榊は叫んでしまった。相手はあっと声を上げたようである。

その声とほのかな気配から、相手が女であることが分かった。

「由比！」

反射的に妹の名が口から出た。榊は中に駆けこむなり、相手に跳びかかった。相手は少し逆らうような動きを見せたが、榊はほとんど苦もなく、相手を屈服させることができた。

「由比、やはり由比なのですね」

相手は榊から顔を背けた。

「こんな所で、何をして……」

言いかけた榊は、妹の足許に転がっているものを見留めた。それは一本の剣の刃と、中身の抜かれた鞘であった。

「由比、あなたは抜丸の鞘を払ってしまったのね！」

鞘を払った者には災いが降りかかる。

榊はこの時、己の思惑が見事なまでに果たされたことを知った。

だが、それは今の薄気味悪い虚脱感と疲労感を手に入れるためだったのか。

榊は疲れていた。その一瞬の隙をついて、由比が素早く床の剣を拾い上げた。

由比はただ鞘を払っただけではない。その剣で己の胸を突こうとしていたのだ。

「おやめなさい、由比！」

榊は妹の手に跳びついた。あれほど憎んでいた相手をどうして助けようとするのか、榊自身にも分からなかった。

「放して！　お放しください、お姉さま！」

由比も必死であった。由比は本気で死のうとしている。追いつめたのは榊であった。

「落ち着きなさい。死を選ぶなぞ、愚かに過ぎることですよ」

腕力は榊の方が勝っていた。ただ、由比の狂乱じみた力がいつにない強さを発揮して、なかなか榊の思い通りにはならない。だが、時間が長くなればなるほど、由比の力も失われてきた。

ついに、由比の手から抜丸を奪い取った時、榊さえも、もう起き上がれぬほど疲れ果てていた。もう由比が手に取れぬよう、抜丸を遠くへ放り投げてから、榊はようやく妹に向き直った。

「そなたが死のうとしたのは、法皇さまの御事だけですか」

由比が白河院の毒牙にかけられている間、自分が忠盛を罠にかけたことを知っているのか。それを暗に尋ねたのである。

由比は無反応であった。それが答えと思うべきであったが、それでも榊はしつこく尋ね返さずにはいられなかった。

「それだけではありませんね」

こくりと音を立てるように、由比の首が落ちた。

この時、榊は自分が妹を見くびっていたことに、初めて気づいた。

「私は、謝りますまい」

榊はまっすぐに由比を見つめ、ゆっくりと言い切った。

「私は悔いておりませぬ。そなたを悲しませても、私には欲するものがあった……」

由比は何も聞こえぬふうに、動じなかった。

「だから、由比。次は、そなたが望めばよい」

自分にははばかる必要はないと、榊は言ったのである。

「私の望みは、ただ死すことのみです……」

虚ろな声であった。

それでも、榊は嬉しく思った。妹の心は少しずつ死の国から生還しつつある。

「抜丸で死のうと思えばこそ、抜いてはならぬという戒めさえ破りましたのに……」

由比の言葉には取り合わず、榊は立ち上がって抜丸の鞘を拾い、さらに少し離れた所に転がっている剣を拾い上げた。半蔀《はじとみ》から射しこむ月の光が、抜丸の刃に冴え渡って、何かおごそかな感覚さえ呼び起こされる。

不意に身震いを覚えて、榊は抜丸を鞘の内にしかと納めた。もう二度と、これを抜くようなことがあってはならない。

「願いをあきらめてはなりませぬよ。今もなお、その願いは生きているのですからね」

由比の傍らに戻った榊は、妹の手に抜丸を鞘ごと握らせた。

由比は逆らう術も持たないのか、ただ渡されるまま、抜丸を抱き、茫然と座りこんでいる。

妹はもはや死のうとはするまい。後はただ、妹が本当に生きるために必要なもの

――それを早急に与えてやらなければならない。

榊は、忙しく頭を働かせ始めた。

四

榊が忠盛を呼び出したのは、下弦の月が細くなった夜半のことであった。忠盛が榊を厭わずにやって来たのは、正盛を通すという知恵を榊がめぐらせたからである。

「いかなるご用件でいらっしゃいますか」

忠盛はことさら、他人行儀の物言いをする。こうなるのが分かっていたとはいえ、榊の胸は少なからず痛んだ。

この数日で、忠盛はげっそりと頬が削げ、精悍さが増したようである。

「法皇さまへの文使いをしていただきたいのですよ」

榊は何気ないふうに言った。

「御用向きを果たせる者は、他にもおりましょうに……」

そっけない返事であった。

「でも、このお使いだけは、忠盛殿でなければ果たせぬものなのです」

榊はあえて丁重に頼みこんだ。とはいえ、白河院の寵姫の頼みごとを、忠盛が断れないこともよく分かっている。

「お届けすれば、それだけでよいのですね」

忠盛は憮然として承諾した。榊の文は、白河院の雅趣を存分に楽しませるべく、紙を選び、香を薫き染め、榊の枝に結わえ付けてある。

忠盛は無造作に榊の枝を手に持って、立ち上がった。教えられた法皇の御座所へ、何心もなく行く男を、榊は哀れに見る。

白河院の御座所から帰る時、忠盛は今よりもっと傷ついているだろう。いっそう激しく榊を怨むことだろう。

今の忠盛は、これで見納めになる。次に会う時、忠盛はきっと別人になっているに違いない。

忠盛は文を持って、白河院の御座所へ赴いた。だが、居室と思っていたその場所は、夜の寝所であった。白河院はすでに御帳台《みちょうだい》の中であるという。

(どこぞの女人とご同衾ではあるまいか)

それが、もしも由比であったら、自分はきっと正気ではいられまいと、忠盛は思う。

このまま引き返してしまいたいと思ったが、榊の枝があたかも呪われたようなしつこさで、忠盛の手に吸いついてくる。薄気味悪さとそれから逃れたい一心で、忠盛は御座所へ入りこんだ。ふだんならいるはずの取次役の女房が、この時は見当たらない。

戸惑いつつも、忠盛は奥まで進んだ。

「遅かったな」

尖った声が御帳台の奥から聞こえてくる。

「申し訳もございませぬ」

忠盛ははっとその場にひれ伏してこたえた。

「榊ではないのか」

白河院の声はいぶかしげである。

「忠盛にございます。女御さまより、御文をお届けに上がるよう、言われてまいりました」

「文とな」

白河院の声に険が混じった。忠盛がわけも分からず、はっと身を強張らせた時、すかさず白河院の声が降りてきた。

「まあ、よい。それを持ってまいれ」

忠盛は一瞬躊躇った。白河院の御帳台まで進んだ臣下などいるのだろうか。だが、逆らう術はなかった。

忠盛は御帳台の脇までいざり寄り、その帳《とばり》の裾を払って、文ごと榊の枝を差し入れた。

さわさわと葉の擦れる音がして、やがて、文の開かれる音がそれに交じった。それらの物音は夜の静寂《しじま》を破って、忠盛に居心地の悪さを知らせてくれる。下がってよいと言われるのを、忠盛はひたすら待った。

「榊は、面白きことをする」

だが、白河院の口から漏れたのは、退出をうながす言葉ではなかった。続けて、白河院は声を立てて笑い出した。

「見てみるか。榊の言ってよこしたことを――」

「はあ……」

なおも躊躇っていると、

「構わぬ」

白河院は無造作に言って、御帳台の内から文だけを投げてよこした。萌黄色の紙の上に、達筆な字で、和歌が一首綴られている。

由比ヶ浜にただ漏りきたる露の身を　分けて隔つることはするまじ

表向きの歌意は、由比ヶ浜にただ漏れてきた露のようにはかない我が身を、他の人と分け隔てなさいますな、というものである。由比ヶ浜は由比その人を、「ただ漏り」は忠盛を掛けているのだろう。

そこまで読み取った時、

(由比と私を分け隔てするな、だと!)

その意味するところを悟って、忠盛は四肢が強張るのを感じた。

白河院に忠盛を抱けと、榊は言うのか。由比を抱いたように、忠盛を抱け、と——。

白河院に男色の趣向があるとは、忠盛も知らぬわけではない。

だが、それをただ知っているのと、自分が相手になるのとでは、大きな隔たりがある。まして、愛する女の貞操を奪った相手に、我が身を捧げるということの奇怪さに、忠盛は気も遠くなりそうであった。

「これだから、余は榊を手放すことができぬのよ」

白河院はくっくっと、低い声で笑った。

「美しく賢い女はいくらでもある。だが、榊ほど、機転を利かせ、余を楽しませてくれる女はまたとあるまい」

御帳台から衣擦れの音が遠く聞こえてくる。

「さあ」

帳の裾がさやと動き、扇が差し出された。扇はひらりと広がって半円を描くと、ゆらりゆらりと忠盛を手招く。

「これへ、参るがよい」

それは、人ならぬものの声のように、遠くから聞こえてきた。恐ろしいほど現実感がなく、この世ならぬ不思議の力に招かれているような感覚である。

「今宵、榊は参るまい」

扇は揺れている。そこに、青海波の紋様が描かれていることを、ほのかな明かりの中で、忠盛は見定めていた。波が揺れて、風を誘う。

どこからか、風が起こったようであった。

「代わりに、そなたが参ったのじゃからのう」

白河院が低く笑っている。その声が風に乗った。忠盛もまた、その風に乗ることを強いられている。

「さあ」

有無を言わせぬ物言いを向けられた時、忠盛の全身を浮き上がらせるほどの強い風が吹いた。

忠盛は暴風に吹き攫われるように、御帳台の奥へと連れ去られた。

すると、明かりも消えた闇の中から、忠盛の身を捕らえんとする両の腕が、するするると伸びてきた。武士の本能が反射的に抗しようとしかけたが、それも一瞬で捻じ伏せられた。

これは、決して逆らえぬ宿世《すくせ》である。

忠盛は褥の上に身を押し付けられた後もなお、あえて抵抗することはなく、宿命の試練に耐え続けることを己に強いた。

榊は寝《やす》まずに忠盛を待っていた。忠盛が自分の許に帰ってくることは分かっていた。

「いかが」

返事はない。一晩でげっそりとやつれたようなその顔を、あえて榊の眼差から隠そうとはしない男を、榊は切なく見つめ返した。

「少しは、大人になったようですね」

榊は静かに微笑んだ。

「逢瀬なぞ、所詮は大した問題ではありませぬ」

言い聞かせるように、榊は言った。忠盛にというよりは、自分自身への言葉であったかもしれない。

忠盛は今度も返事をしなかった。空洞になったような眇が、同意するでもなく反発するでもなく、ただ榊の上に据えられていた。

「これで、法皇さまは由比をそなたに下さるでしょう」

榊の声はかすかに震えた。墨色の紗がかかったように、眼前が閉ざされてしまう。

だが、そんな榊の様子に何も気づかぬふうに、忠盛は反応を見せなかった。

それも無理はないことと思い、榊は熱い塊を喉のところでぐっとこらえると、

「由比を娶りなさいませ。真心がおありならば――」

ゆっくりと、童子に言い聞かせるような優しさで語り続けた。

「それがないのであれば、由比をあきらめなさい。由比とても、ここにあれば、法皇さまに可愛がっていただけましょう」

「由比は、私のものだ……」

低くしわがれた男の声が呟くように言った。

「由比は、私のものだ！」

今度は、吼えるように忠盛は叫んだ。その荒々しさは、恋を――いや、恋のつらさを知らぬ頃にはなかったものである。

「ならば、由比の許へお行きなさい。ご自分でどうにかするのですね」

榊は静かに言った。

忠盛は、燃え上がる眇で榊を睨み据えた後、ぐいと踵を返すと駆け出して行った。

おそらく、そのまま由比の局へ向かうのであろう。

これでいい――榊はゆっくりと呟き、心を納得させようとした。こうなることを、自分は望んだのだ、と――。

「お許しください、父上」

榊は泣いていた。

「由比のことも……許してあげてください」

榊は妹のために手を合わせた。

天の河の朝顔

一

忠盛が初めて由比を抱いた夜、事果てた後も、由比はずっと泣き続けていた。どれほど優しくその身に触れても、まるで剣で刺されたとでもいうような痛ましさで、由比は苦しんでいる。忠盛はそれ以上、由比の肌に触れられなくなった。

それでも、忠盛は由比をあきらめたわけではない。いつまでも待つつもりであった。

その頃、忠盛の許には、父の勧める縁談が舞いこんでいた。相手は、かつて榊と由比に今様などを教えていた監物源清経の娘であった。

「そなたの代では、我が一門も都ぶりを身につけねばならぬ」

正盛としては、もはや伊勢の田舎武士ではないのだと言いたいのだろう。

風流人の清経は身分はともかく、公家社会での人気が高い。両家の家柄も釣り合っていた。だが、父正盛が乗り気のこの縁談を、忠盛は頑なに拒んだ。

「何と、強情な。すでに、法皇さまの思いものとなった古妻《ふるめ》なんぞに、未練を持ちおって……」

父からどれほどののしられようとも、忠盛は肯《がえ》んじなかった。

(自分は父とは違う！)

父のように、家のためならば何でもやるという生き方はできない。それが、忠盛の信条であった。

一人で生きるならば揺らぎそうなその信条も、由比が傍らにいてくれるなら、守っていけそうな気がする。

結局、忠盛と清経の娘との縁談は壊れた。清経の娘は間もなく、佐藤康清《やすきよ》という武士を夫に迎えたと聞いている。

そして、同じ頃、由比の懐妊が分かった。あの忘れがたい悪夢の夜から数ヶ月後のことであった。

「私たちの、子だ」

忠盛は即座に断じて言った。

「そなたが私の許へ来てくれるならば、二人で育ててゆこう」

それでも、由比はうなずかなかった。

「法皇さまとの御事は何でもない」

声を励まして、忠盛は心を偽った。

「女御さまは仰せられていた。逢瀬なぞは何でもないのだ、と――。私もそう思う。私もそう思っているのだぞ、由比」

それでも、由比は忠盛の許へ行くのを承知しなかった。由比がこのまま仙洞で子を産めば、法皇の子として認められてしまうだろう。そうなれば、由比はもう二度と、忠盛の許へは帰って来るまい。

やがて、夏になり、由比の腹は徐々に大きくなっていった。そして、もう間もなく暦が秋を迎えようという頃、ついに忠盛は由比に和歌を送った。

幾年《いくとせ》と見れども飽かぬ織姫の　星の宿りに我は朽ちなむ

織姫はもちろん由比を、星の宿りは織姫の家を指す。何年、共にいても見飽きることのないあなたの家で、私は朽ち果てたい。その後、歌人としてもその名を知られることになる忠盛の、歌に託した真情が由比の心に沁みたのだろうか。

月の舟舵取る君に告げなまし　かささぎの橋のかかる今宵を

月の舟の舵を操って、やって来るあなたに教えてあげたい。かささぎの橋がかかって、恋人たちが逢う夜は、まさに今宵なのだということを――。

(かささぎの橋を渡って、私の許へ来て――)

由比は返歌をよこした。

それ以上の言葉はもはや必要なかった。

由比は秋になって間もなく、時季外れの朝顔が寂しげに咲く忠盛の邸へ引き取られた。

「この花が好きなのだ……」

由比を迎えた忠盛は、少し照れくさそうに笑って見せた。咲き遅れた花とはいえ、その数の多さは由比の予想をはるかに超えている。

天上の空を思わせる青、薄紫に濃紫、ほのかに赤みがかった花もある。色とりどりに咲く朝顔の中で、白い朝顔が少し遠慮がちに花開いていた。

「初めてそなたを見た時、朝顔のような人だと思うたのだ」

その言葉に、由比は忠盛を見上げて微笑みかけた。

柔らかなその眼差が静かに、朝顔の群れに流れてゆく。

朝顔の命は短い。明け方のさわやかな空気の中でこそ凛として輝くものの、やがて、太陽が昇るにつれて首を傾け始め、正午の頃には萎んでしまう。あまりにもはかない命の花――。

由比と朝顔とを並べて見る忠盛の心に、初めて不安が訪れた。己の欲するものを手に入れたという満足感、だが、それはいつか失うかもしれぬという不安を伴う。

だが、由比は朝顔にたとえられたことについて、何の感想も述べなかった。忠盛もこの時、ふと浮かんだ不吉な予感を口にはしなかった。

その年の冬、由比は男子を産んだ。

女子であればよかったのにと思う気持ちを、一瞬で忠盛は打ち消した。

（由比と子が無事であれば、それでよいではないか）

そう考える一方で、忠盛は赤子の顔を見るのに、どうしても気が進まなかった。

（私の子は眇ではないだろうな）

そうでないことを望んでいるのだと、自分でも思っている。だが、忠盛のおののく心の中には悪鬼が棲んでいて、聞きたくもないささやきをくり返した。

――お前は本心では、息子が眇ならいいと思っているのだ。それなら、自分の息子だと思えるからな。

（ちがう！　私は息子が眇などであってほしゅうはない！）

忠盛は赤子と対面するまで、悪鬼に叫び続けていた。

初めてその姿を見た時、赤子は由比の傍らで眠っていた。周りの女房たちに勧められて、忠盛がこわごわと赤子を抱き上げた。

生まれて間もない赤子は、誰にも似ていなかった。自分にも由比にも、白河院にも似ていない。それが、忠盛の心を少し安らがせてくれた。

その時、赤子が急に眼を覚ました。赤子と忠盛の眼が一瞬、からみ合った。

(眇ではないっ!)

忠盛の全身を、安堵とも落胆ともつかぬものが走り抜けていった。

その直後、赤子が火の点いたように泣き出した。

「あら、まあ、どうしたのでしょう。お父さまに抱いていただいたというのに……」

赤子の乳母に決まった家貞の妻辰子《たつこ》が、忠盛の腕から赤子を抱き取って、あやし始めた。忠盛をお父さまと呼んだ乳母の言葉が、心を落ち着かなくさせる。

赤子を抱いた乳母が向こうへ行ってしまってから、忠盛はいつの間にか、由比が眼を開けていたことに気づいた。

何も言わず、由比は寂しげに眼をそらした。

二

赤子は正盛の意向で、三代《さんだい》と名づけられた。

正盛から数えて三代目の、平家の棟梁という意味である。

計算高い正盛は、白河院の胤かもしれぬからこそ、棟梁に据える価値があると考えているようであった。それを隠すどころか、むしろ利用して、平家の力を強くせんと思うのだろう。

だが、忠盛の内心は複雑だった。

（私は、三代を我が子と思っているぞ）

由比にそう言いたい。だが、産後の褥《しとね》で寂しげに眼をそらされた時からずっと、忠盛はその一言を由比に言うことができなくなっていた。

（由比がこの後、私の子を何人も産んでくれれば、つまらぬことも気にならなくなるだろうか）

そんなふうに思うこともあった。

事実、そうなっていれば、三代の父親に対する疑いなぞ、忘れ去ってしまえたかもしれない。

だが、由比は産後の肥立ちが悪く、その後、ついに健康を取り戻すことはなかった。亡くなったのは二年半後の七月――七夕からわずか五日後のことであった。

その年、星合の空を、由比はしきりに見たいと言った。

そんな妻に命の再起を見出して、忠盛は喜んだ。由比の床を端近にまで引き出し、半蔀をすっかり開け放って、そこから四角く切り取られた夜空を見せてやった。

雲の波を渡る舟人舵を絶え　行方定めぬ星合の空

由比の方から歌を詠むなど、めずらしいことである。思いがけなく嬉しくもあり、その内容の寂しさに悲しみも覚えた。

星合の空とは、牽牛星と織女星が出逢う七夕の夜空をいう。舟人の行方とは、星たちの逢瀬――すなわち、忠盛と由比の逢瀬の行方を言うのであろうか。

雲の波を渡って行く舟人は舵を失《な》くして、どこへ行くか分からなくなったように、私たちの恋の行方も分からなくなってしまった……。

櫂《かい》なくて惑ふ恋路の行末を　雲居に告げよ渡る雁がね

舵を失ったと言うのを、櫂を失くした――甲斐もない、という諧謔にまぎらせて、忠盛は返歌をした。

空を渡る雁よ、櫂を失くして――甲斐もなく惑う恋の行末を教えておくれ、という意味である。

だが、この時の忠盛は、由比の詠歌の深刻さに、真の意味では気づいていなかった。きっと由比は悟っていたのだろう。もう間もなく己が命の尽きんとしていることを――。

(舵を絶えた舟人というのは、由比自身のことであった……)

その寂しさに気づいてやれなかった。由比は己の魂の行末をこそ、案じていたというのに……。

翌朝、由比が病臥する局の前栽《せんざい》(庭)に、白い朝顔が咲いた。青や紫や薄紅に交じって、白い朝顔が咲いたのはその年、初めてのことであった。

「おや、めずらしいな」

由比と共にそれを見た忠盛は、何気なく呟いた。

「私は白い朝顔が、いっとう好きですわ」

「ほう、由比は白い花が好きか」

「ええ、汚れを知らぬ色ですもの」

さりげない言葉に、忠盛は胸を衝かれる思いがした。

由比が自分を汚れたもののように思っているのだとしたら、あまりに不憫だった。そうではないと言ってやりたかったが、口に出して言えば、いっそう由比を傷つけることになる。

「私も、白い朝顔が好きになった……」

忠盛はそう言った。

由比はほのかな微笑を浮かべた。

「天の河という、白い朝顔の花があるそうですわ」

由比はいつの間に調べたのか、そんな知識まで忠盛に披露した。

「では、あの花が天の河かどうか調べておこう。そうでなければ、天の河という朝顔を必ず手に入れてやる」

翌日も、その翌日も、忠盛邸の白い朝顔の蔓は花を付けた。その度に、忠盛は由比の命がまた延びたような気がして、嬉しくなった。

「今朝も、そなたの花が咲いているよ」

忠盛は朝ごとにそう言い、妻を元気づけたつもりであった。

だが、七夕から五日目の十二日、白い朝顔は花を付けなかった。あまつさえ、前日落花した枯れ花を、侍女が掃除するのを忘れていた。

忠盛は途端に不愉快になった。

「何をしているか。すぐに取り片付けよ！」

日頃の穏やかさに似ず、忠盛が侍女を叱りつけた時、由比の病間で侍女の叫び声が上がった。

「御方さま――！」

朝、由比を起こしに行った侍女の声である。

忠盛は慌てて、由比の局の妻戸を開けた。

由比は眠っていた。周囲で、侍女がどれほど声を上げて泣き叫ぼうと、いつまでも眠り続けていた。

「由比よ、そなた……」

由比は夜の間に、静かに息絶えていたのである。

朝が来れば顔を見せる習いの花は、ついに開花するのを止めてしまったのだ。

「何の……別れの言葉も交わしておらぬではないか！」

忠盛は突然、自分から妻を奪った天を怨み、床に突っ伏して号泣した。

こみ上げる怒りに任せて、床の板を手の感覚がなくなるほど叩きつけた。疲れ果てて、動くのをやめた時、忠盛の頭に浮かんだのは、由比の一言だけであった。

――天の河という、白い朝顔の花があるそうですわ。

「それは、天の河原に……咲いているのか」

呟いたのを最後、忠盛の意識はそのままおぼろに霞んでいった。


気力の萎えが体力を奪ったせいか、その日から病みついた忠盛が、ようやく病床を払った時、猶子の話が持ち上がっていた。

その頃、祇園女御という呼称がすっかり板についてきた榊が、三代を猶子にしたいと申し入れてきたのである。

「由比の子の行末は、ご案じなさいますな」

その言葉は三代の将来を約束すると同時に、忠盛の家長としての権威を侵すものでもあった。

女御の後ろ盾は、同時に白河院の後ろ盾をも意味する。この時点で、忠盛の跡継ぎは三代に決まったも同然であった。

この後、忠盛が我が子を得ても、その子の器量がどれほど大きくとも、忠盛は跡継ぎの首をすげ替えることはできない。

だが、この時、すでに忠盛には、外に身重の妻がいた。

宗子《むねこ》というその女は、父正盛が深い付き合いのあった院の近臣藤原顕季とも縁故のある女である。由比が亡くなった以上、六波羅に宗子を迎えないわけにはいかない。

宗子は間もなく男子を産んだ。

由比の一周忌が明けてから、忠盛は宗子母子を六波羅に引き取った。

（これでいい）

自分にだって、穏やかな家庭を手に入れる資格はあるはずだ——忠盛はそう思った。

白河院と榊、由比を交えた愛憎の日々は、忠盛の心身を燃え上がらせ、消耗させた。

由比に対して抱いたような熱い想いを、他の女に抱くことは二度とできまいが、そうしたいとも思わなかった。

（妻とは、ただ、他の男の……特に権力者の眼になど留まることなく、ただ傍らにいてさえくれれば、それでよいのだ）

十人並みよりは美しいが、目だって美人というわけでもない宗子は、その点、理想的な妻であった。三代のことも、我が子と分け隔てなくかわいがってくれる。

「三代君に会わせてください」

祇園女御が三代との対面を切り出したのは、それから間もなくのことであった。

三

保安《ほうあん》二（一一二一）年四月、平家一門が都へ進出する土台を築いた平正盛が死去した。これにより、忠盛がその家督を継いで、平家一門の棟梁となった。

そして、この年の秋、忠盛は三代を連れて、祇園女御の邸へ上がった。四歳の我が子に、女御は三代の母だと、忠盛は教えた。

「ははうえ……？」

三代は首を傾《かし》げた。

数日前、三代には宗子を母だと教えたばかりである。一年前に亡くなった由比の面影はうろ覚えらしく、宗子を母と呼ぶことに抵抗はなかったようだが、さらに祇園女御という母が出てきたことには戸惑いがあるらしい。

「三代には、もう母上がいましゅ」

三代は大真面目に言った。

「共に暮らしている母上も母上、この度、お会いする女御さまも、そなたの母上じゃや」

忠盛は三代を納得させるため、そう言った。

「三代には、母上が二人もいるの？」

三代は眼を丸くして問うた。そうすると、眼を見張った時の由比の顔が思い出されて、忠盛は思わず、我が子から眼をそらしてしまった。

（二人ではない。三人だ。そして、今はもうこの世にいないその母こそ――）

胸の呻きを、忠盛が口にすることはなかった。

「わかりまちた」

どう分かったものか頼りないが、三代は舌足らずな調子でそう言った。

父の苦悩を、幼いながらに察したのかもしれない。童子とも思えぬ察しのよさが、忠盛には少し不気味に思われた。

「三代には、母上が二人いましゅ」

三代は言い、うなずいた。その後はもう、母が二人であることについて、忠盛に尋ねることはなかった。

当日は、馬に乗れぬ三代のため、父子は牛車《ぎっしゃ》で女御の邸へ向かった。

牛車に乗るのが初めての三代は大喜びである。物見窓《ものみのまど》を開け閉めしたり、簾の裾から外をのぞき見たりと、落ち着きがない。

「さような有様では、女御さまに笑われるぞ」

忠盛がたしなめると、三代は動くのを止めて、父の顔をじっと見つめた。

「どうした」

忠盛から尋ねられると、三代は一気にしゃべり出した。

「にょうご……しゃまは、三代の母上なのでしょ。どうして、父上はにょうごしゃまと呼ぶ？」

強張りそうになる頬を、忠盛は無理に和らげねばならなかった。

「女御さまは貴いお方なのだ。そなたも女御さまの御事《おんこと》は、女御さまとお呼びせねばならぬ」

そう口にした時、忠盛はわずかばかり胸のすくような心地がするのを、抑えきれなかった。

(私は女御に言いたいのか。あなたが私の子の母になることは、決してできぬと――)

いや――忠盛は胸にどす黒く浮かぶ考えを、慌てて振り払わねばならなかった。

今さら、怨みつらみを言うような筋でもない。

それに、祇園女御が三代を猶子に迎えてくれたのは、心から三代を思うがゆえのことであって、そこに欺瞞はあるまい。そして、治天の君白河院の寵人《うつくしびと》である祇園女御が、三代の後ろ盾になってくれるのは、三代にとっても平家にとっても悪い話ではなかった。

「にょうご……しゃま」

三代は回らぬ舌で言い、

「母上しゃまと呼んではいけない?」

と、続けた。

「お許しがあれば、そうしてもよい。だが、お許しもなく勝手な呼び方をしてはならぬ」

三代は子供にしては太い眉を少し寄せた。

何かをじっと考えこんでいるように、忠盛の眼には映った。まさか出生の秘密を知るはずはないのに、童子らしからぬその顔つきを見ていると、この息子が何かを感づいているのではないかと、あらぬ疑いを抱いてしまう。

牛車の中に、しんと冷えた静寂が降りた。

「女御さまを、まことの母上と思ってよいのだぞ」

忠盛は沈黙に耐えきれず、口を開いていた。

だが、口にした瞬間、余計なことを言ったと悔いた。まことの母という言葉の意味を、正確に理解するとは思えないが、四歳の童子とは思えぬ頭のめぐらし方をする三代が、何かがおかしいと感づいてしまうかもしれない。

忠盛は気まずい思いで、その幼子の横顔を見つめた。

この顔はいったい誰に似ているのだろう。亡き母か、それとも——。

三代は横を向いたまま、牛車の外の景色を見つめている。もう騒ぎ立てることもなく、妙に大人びたその態度が、

（強情な！）

と、忠盛に再び苛立ちを感じさせた。

この頑なさは誰の血を享けたものか。

(白河の君!)

そう思った瞬間、忠盛は我に返った。

疑心暗鬼にとらわれた心に、たまらない悲哀が忍びこんでくる。

(由比よ、済まぬ……)

忠盛は虚空を仰いで、亡き妻に詫びた。

由比が逝った日と同じように清涼な青空を見たいと思った。由比はそこにいるのかもしれない。

やがて、牛車は祇園女御の邸へ到着した。

それは祇園社の巽《たつみ》にあり、御所と呼ぶほどの広さはないが瀟洒な寝殿造りであった。いつも手入れが行き届き、磨き立てられている。築地《ついじ》に破れた所はなく、前栽《せんざい》の草木は形よく切り揃えられ、池の水が濁ることもなかった。

牛車は車寄せにつけられた。

そこは、建物の回廊である渡殿《わたどの》とつながっており、沓《くつ》を脱いだり履いたりすることなく、そのまま邸内へ入ることができる。

「あっ、これ、三代」

牛車から跳ね降りるなり、三代は渡殿を寝殿の方へ駆けて行った。喜び勇んでの行動のように見えるが、忠盛にはそうではないような気がした。

三代は幼いなりに、これから会う女御が血のつながった伯母であり、義母であるという以上に、ただならぬ何かがありそうだということを感じて、落ち着かないのかもしれない。

「待たぬか」

その言葉は無視されたが、三代の足は寝殿に行き着く前に、はたと止まった。

「おお、こなたさまが三代君じゃな」

女が近付いて来るのを、三代はぽかんと口を開けて見つめていた。驚きが四肢の動きを封じてしまった。

女は、三代が見たこともないほど美しかったのだ。

「これは、女御さま！」

後から追いついた忠盛は、恐縮してその場へ跪《ひざまず》いた。

「おお、忠盛殿。吾子《あこ》の顔が早う見とうて、参ったのじゃ」

女御の口ぶりには余裕がなかった。あたかも、恋人の訪れを待っていた女のように落ち着かない。

「このお方が女御さまぞ」

茫然として立ちすくむ我が子に、忠盛は教えた。三代は返事をしなかった。

「これ、ご挨拶申し上げぬか」

忠盛がうながしても反応はない。

「三代君、こちらへ来なされ。私が抱いて行って進ぜよう」

女御の声には恐れが混じっていた。今や、いかなる願いも思いのままになる女人が、この幼子の反応をこうも気にかけている。

「私は、かように愛しい子を持つことができて、嬉しいのじゃ。まして、由比の産んだ子です。せめて、母の真似事だけでもさせてくだされ」

七夕の星を宿したような黒眼が、三代に懇願している。抗うことのできぬ力が働いたのか、三代は女御の許へ向かって歩き出した。

「おお、三代君よ」

女御は三代を軽々と抱き上げるなり、頬擦りでもしそうなほど、顔を近づけた。

「よう、来てくだされましたな」

満面の笑みをたたえた女御の顔に、ほんの少し翳が忍びこんだ。

「まこと、そなたが私の腹に生まれた者であれば……」

何気ないふうに口にされたその言葉を、忠盛は平然と聞くことができなかった。

(三代がまこと、誰の子か。あなたは知っているのか!)

華やかな表衣《うえのきぬ》をまとった女の背へ、そう問いかけたくなるのを、忠盛はぐっとこらえねばならなかった。

四

三代を抱いた女御は、自らの御座所へと渡って行く。忠盛もその後に続いた。

御座所へ来て、女御はようやく三代を離したが、あまり遠くない所に座らせた。が、三代の方は緊張が解けず、女御の親しみに応えられない。

「どうなされたのですか。三代君はほんにおとなしい御子じゃな」

三代がおとなしいのは、女御自身のまばゆさもあるが、贅沢な調度品のせいでもある。この磨き立てられた御所の輝きに、質実さを旨とする武家に育った童子は圧倒されていた。

「これには、かような贅沢を見せてやったことがありませぬゆえ」

忠盛が代わって返事をすると、

「ほほ、ここにあるものなぞ、すべて三代君にお譲りしてよいのですよ」

女御は微笑みながら言い、なおも三代から眼を離さないでいる。

「さあ、こちらへお出でなさい。水菓子はお好きですか」

　女御は三代の手を取った。

「今日は三代君のために、さまざまに取りそろえておいたのですよ」

　その言葉の通り、朱塗りの高坏《たかつき》にはとりどりの水菓子が形よく盛られている。

「さあ、遠慮なぞ、なさってはいけませぬぞ」

　女御からうながされると、三代はようやく緊張を解いたのか、遠慮がちにではあったが手を伸ばした。幼子の気がそれたのを見計らうかのように、

「由比が亡くなって、もう一年余りになるのですね」

　女御がいつになくしんみりと呟く。

「この子は、まだ母君の死が分からないのでしょう。哀れなこと」

　女御は袖口を眼に当てている。だが、その声に棘の混じっていることを、忠盛は察した。黙っていると、

「忠盛殿」

　事改まったふうに、女御は膝を進めた。

「こなたさまの跡を継ぐのは三代君。それに、変わりはありませせぬな」

「は、はあ……」

　忠盛はすでに眼を伏せていた。やはり、女御は忠盛の正妻となった宗子の存在を気に病んでいるのだろう。

だが、それは女御にとがめられる筋ではあるまい。

父正盛の没後、名実共に平家一門の棟梁となった忠盛の立場もある。宗子の実家藤原氏の後ろ盾も、家を守り立ててくれる男子も欲しい。娘は権門勢家と縁を結ぶための道具となる。その上、

（私とて、真実、我が子と思える子が欲しい）

くすぶる疑念は表に出せぬ分、屈折した重荷となって、忠盛の身内にはびこることとなった。そうした忠盛の内心を知ってか知らずか、

「三代君は我が猶子となることにより、おそれ多くも中宮璋子《たまこ》さまの義理の弟となりじゃ。そのご縁は、三代君の強いお力となりましょう」

女御はおもむろに切り出した。

中宮璋子は幼い頃、白河院に引き取られ、祇園女御に預けられた。ゆえに、祇園女御の養女も同然である。成人後は、白河の孫である鳥羽帝に入内し、中宮となった。

生まれ年は違うが、三代の数ヶ月後に生まれた顕仁《あきひと》親王は、鳥羽帝の第一皇子として、ただちに東宮《とうぐう》に立てられている。

「のう、忠盛殿」

忠盛が容易に頭を下げぬのを見るや、女御の声にそれまでにない色合いが混ざった。険とも媚とも聞こえるような微妙な声音である。

「お聞きおよびか。中宮さまは当今《とうぎん》（鳥羽帝）にご入内の後、一年して東宮さまをお産みなされた。その東宮さまの御胤を疑う声があることを——」

「何ですと！」

それでは、東宮の父は鳥羽帝ではないというのか。帝の子でない男子を東宮に据えるなぞ、大逆罪に当たる。

だが、鳥羽帝が了承したのは無論、璋子の養父白河院も、進んで立太子を沙汰したのである。

「璋子さまは赤子の頃からほんに美しい御子でした。法皇さまときたら、璋子さまのおみ足を懐に入れて温めて差し上げるほどのご寵愛ぶり。その折、関白忠実《ただざね》公のご訪問がございましたが、法皇さまは璋子さまをお起こししてはならぬと、関白殿を斥けられたのでございますよ」

「女御さま！」

たまらなくなって、忠盛は女御の一方的な言葉を遮った。その先にどんな言葉が続くか、ようやく分かった。

同じ館で暮らした時期もありながら、榊はいつしか雲上の人となっていた。

一方、忠盛は未だに地下《じげ》を這い回っている。だが、雲の上に生きる者には、地下には想像もできぬいくつもの闇がある。

（まさか、中宮さままで……）

由比と同じなのか。由比と同じように、法皇に抱かれながら他の男に嫁ぎ、産んだ子を夫の子と為しているのか。

その璋子は、世間から疑われているという。

由比も疑われている。世間というより、他ならぬ夫忠盛によって――。

「そうそう」

女御は話を打ち切るように言った。その声は火を点したように明るい。

「由比の抜丸《ぬけまる》は、忠盛殿がお持ちか」

「はい。それならば、確かに――」

忠盛はうなずいた。

由比は死ぬ間際に、それを忠盛に託した。

そして、抜丸にまつわる伝説をしかと伝え、必ずや我が子三代に譲り渡してくれるよう、言い残している。

「この若君に、お譲りいただけるのでしょうか」

「それは、亡き妻の遺言でもございますので――」

女御は満足そうにうなずいた後で、ふと思いついたという何気なさを装って言った。

「私からも一つ、お願いがあります。抜丸を家伝の剣として、元服の折に三代君に授けてくださりませぬか」

「家伝の剣、ですか」

女御はしかとうなずいた。

家伝の品を譲り受けるのは、跡継ぎである証《あかし》である。

もちろん、平家一門に伝わる家伝の刀剣もある。

それは、小烏《こがらす》の太刀といって、忠盛も元服した折、父正盛からそれを譲られていた。

女御は、抜丸もそれと同じ扱いにせよと言うのだ。

「抜丸は代々、三代君のご子孫に受け継がれるよう、しかとおっしゃっていただきたいのです」

万一にも、家督と抜丸が三代の弟たちに渡ることのないように——と、女御は念を押したいのだ。

その必死さは十分に忠盛に伝わってきたし、それが生前は口にしなかった由比の願いでもあることを、忠盛は察した。

「女御さま。三代は我が継嗣にござります」

忠盛は女御を安心させるように言った。一方で、その語気の強さは、これ以上の女御の口出しを封じたいという思いの現れでもあった。

「ならば、よいのです」

女御は満足そうにうなずいて、その眼差を忠盛から三代の方へと移した。

それは、昔馴染みの男から離れる時、少し寂しげに陰り、幼子の上に置かれた時、幸福そうに輝いていた。

隠岐爺

一

大治《だいじ》四（一一二九）年正月、十二歳になった三代は元服して、名を清盛《きよもり》と改めた。官位は従五位下《じゅごいのげ》、官職は左兵衛佐《さひょうえのすけ》である。

地下《じげ》と呼ばれる六位以下ではなく、貴族に含まれる五位の任官であった。それには、実父である白河院の力が働いたのだと、口さがない噂もある。

夜泣きすとただもり立てよ末の代に　清く盛ふることもこそあれ

幼子が夜泣きするということだが、忠盛が守り育てよ。そうすれば、将来、その子が清く成長し、家を盛んにしてくれるだろう——という歌を、忠盛は白河院から贈られた。

清盛という名は、この和歌より採った。

これより前、忠盛は白河院に和歌の上の句を贈ったことがある。

「いもが子は這ふほどにこそなりにけれ」

愛しい子は這うほどに育ちました――という意味だ。だが、この「いもが子」は白河院の息子であるかもしれぬ子であった。

白河院はそれに下の句をつけて、忠盛によこした。

「ただもり取りてやしなひとせよ」

「ただもり」は掛詞である。「忠盛」と「ただ守り」が掛けられている。忠盛がその子を守って養いなさいという意味だった。

もちろん、これで三代の父が白河であることにはならない。忠盛もそう言ったわけではないし、白河院とてそれを認めたわけではない。

だが、白河院が清盛を気にかけており、その後ろ盾になる気があるという証にはなる。

平家一門には、跡継ぎの子が元服すると、家宝である小烏《こがらす》の太刀と唐革威《からかわおどし》の鎧を譲り渡す慣わしがあった。

忠盛は家の子筆頭の家臣である平家貞に、それらを蔵から出し、清盛を呼んでくるよう命じた。家貞の妻は清盛の乳母《めのと》であったから、その息子貞能《さだよし》は乳母子《めのとご》として清盛に仕えている。

いずれ平家一門は、清盛と貞能が守り立てていってくれるだろう。

家貞が行ってしまうと、忠盛は懐から、少し色あせた朱色の袋を取り出した。中には小振りの剣が納められている。

亡き妻由比の遺品であった。

（そなたとの約束を、やっと果たせる時がきた）

忠盛は胸の中で、由比に語りかけた。

――この剣は、持ち主を幸いにしてくれまする。ただし、鞘から抜いてはなりませぬ。

由比はそう教えてくれた。そして、いずれ抜丸を我が子に譲り渡すように願い、それまで忠盛に預かってほしいと言った。

以来、すべてが平家一門にとって、よい方向に回っている。白河院の寵愛を背景に、忠盛は武士としては異例の出世を遂げていた。

すでに八年前に正盛は亡くなっていたが、忠盛の類《たぐい》まれなる出世を期待しながら、安らかに眠っているに違いない。

正盛の長年の願いであった昇殿こそ、まだ果たされてはいないが、それも時間の問題だろう。白河院と祇園女御の後ろ盾がある清盛の存在も、その後押しをしてくれるに違いない。

清盛は我が子だ。その思いに偽りはない。たとえ血はつながっていなくとも、十一年もの間、手許で養った以上、我が子に変わりはなかった。

（いや、十年か。実際には――）

忠盛は思い直した。

一年の空白――忠盛が清盛と暮らさなかった時期がある。

（由比よ。正直にいえば、私は清盛のことがよく分からなくなることがあるのだ。それは、清盛の実の父親が誰かという疑いゆえではない）

むしろ、空白の一年に由来しているのではないかと、今の忠盛は思っていた。

あの一年――その間に何があったのか、くわしいことを清盛は話してくれない。単に覚えていないわけではあるまい。何か話したくないこと、あるいは話せないことがあったのだ。

清盛がわずか五歳の、あの一年の間に――。

清盛――三代が突然、忠盛の前から姿を消したのは、保安《ほうあん》三（一一二二）年の春であった。

京の町中は、五歳の童子がうろついて無事でいられるほど、甘くはない。強盗やかどわかし、喧嘩沙汰などは、取り締まることができないほど、頻繁に起こっている。

「どう致しましょう」

うろたえる妻の宗子を落ち着かせて、忠盛は配下の郎党たちに捜索を命じた。

五歳の子供の足である。一人では遠くへ行けまい。

万一、かどわかされたとしても、その場合は財物と引き換えに身柄の返還を要求すればいい。

だが、その忠盛の予測は甘かった。三代の消息は五日経っても、まったくつかめなかったのである。

祇園女御が白河院を説得し、院の北面の武士までもが探索に駆り出された。それでも、三代の身柄は発見されなかった。

やがて、ひと月も経つと、大がかりな捜索は打ち切られ、家貞らが地道に捜索を続けるだけとなった。祇園女御もまた、金に任せてかき集めた武士くずれのならず者たちに、捜索を続けさせていた。

しかし、半年が経ち、一年が過ぎる頃になっても、三代の行方は知れなかった。

(もはや、この世の人ではないのかも……)

家貞の眼にさえ、そうしたあきらめが浮かぶようになり、忠盛もまた、

(由比が寂しがって呼んだのやもしれぬ)

と、思い始めた頃――。

「摂津国は大輪田泊《おおわだのとまり》を根城としておる海賊どもから、若君らしい童子がいると、言ってまいりました」

ある日、家貞が顔をくしゃくしゃにしながら、忠盛に報告した。

そもそも、平家は正盛の代から、西国の武士たちとの縁が深い。

特に、正盛が源義親を討ってからは、西国の武士たちは平家に従属する者たちが相次いでいた。西国の武士たちは水軍を持っているので、忠盛もその関係を大事にしている。

そうした中には、港を利用する船から関銭を取るばかりでなく、物品を強奪したり、官物に手を出すといった、海賊同然の者もいた。

それも、目立たぬ行為であれば、目こぼしされている。実際、平家に従属する海賊は大勢いた。

「その子はもう半年以上も前から、その根城にいるらしいのですが、よもや我らが捜しているとはその者どもも知らず、報告が遅れたとのこと」

「何ゆえ、三代は摂津国なんぞへ――」

「何でも、仲間の一人が突然、連れてきたのだとかで、くわしい話はそれがしも――」

そこで、忠盛はひとまず五十ばかりの軍勢を引き連れて、大輪田泊へ急ぎ向かった。

「三代かっ！」

三代は確かにそこにいた。

海賊どもの根城で、さしたる不自由もなく暮らしていたのか、痩せこけることもなく、躯も大きくなっていた。金のかかったものではないが、庶人としてはまともな着物も着せてもらっていた。

だが、三代は忠盛を見ても、別段、嬉しそうな顔もしなければ、懐かしそうな様子も見せなかった。

「覚えておらぬのか、そなたの父ではないか」

忠盛は三代の肩に手をかけ、その躯を揺さぶらんばかりにして言った。そして、そのまま三代の小さな躯を思わず抱きしめていた。

その姿に、家貞は涙ぐんだ。

「さようでございますよ、若君。若君の父上ではございませぬか。さ、昔のように、父上とお呼びなさいませ」

「ちち……うえ？」

ぼんやりと初めて聞く言葉でも口にするように、三代は呟く。その様子に、忠盛が三代の躯を放した。忠盛の眼が探るように我が子に向けられる。

「若よう、父上ってのは、親父《おやじ》のことさ。分かるだろ、親父だよ。親父」

傍らにいた柄の悪そうな若い海賊が、親切のつもりか、口を利いた。

「ああ、おやじか」

六歳になっているはずの三代は、ぞんざいに言って、にやりと笑った。

「おぼえてるさ、もちろん」

童子とも思えぬ口の利き方だったが、妙に板に付いているふうにも聞こえた。

家貞は眼を白黒させ、忠盛は絶句した。

目の前にいるのが、自分の知る三代とは思えなかった。

「おぬしら、若君に変な言葉を教えたな」

ようやく気を取り直して、家貞が海賊をとがめるように言う。

「そんなこと言ったってよう、俺らが都の公家衆みてえな言葉で、話せるわけねえだろ。この若君が俺らの言うのを、勝手に覚えただけさ」

若い海賊が不平そうに言うのへ、家貞も言い返すことはできなかった。

「それにしても、この若はさ。驚くくらい物覚えがいいね。壺ふりだって、今じゃあたいしたもんだぜ。あの隠岐爺が手ずから仕込んでいたからな」

「壺ふりだと！」

家貞は喉にものがつまったように、叫ぶなり咳きこまねばならなかった。

「おいら、つぼふり、できるよ」

三代が得意げに言った。見せてやろうというように、手を振ってみせたが、慌てて家貞はその手をつかんで下ろさせた。

「その隠岐爺というのは、何者だ」

さすがに、忠盛はすでに先ほどの衝撃からは立ち直っていた。少なくとも、家貞の眼には、日頃の冷静ささえ取り戻しているように見えた。

「隠岐爺はこの若を、俺らのとこへ連れてきた爺さんさ。その前から、俺らのとこには出入りしてたけど、別に仲間ってわけじゃねえ。ここは、いろんな奴が出たり入ったりするからね。問題さえなけりゃ、別に追い払ったりしねえんだよ、俺たちは——」

「そんなことを訊いているわけではない。隠岐爺とやらの正体を述べよ」

家貞が海賊の言葉を遮って言った。

「知らねえさ、そんなの」

海賊はふてくされたように言う。

「隠岐爺は隠岐爺さ。それ以外の名前なんて知らねえしさ。俺らは、この若が隠岐爺の子供か孫だろうって思ってたんだし」

「それで、隠岐爺は今もここにいるのか」

忠盛が尋ねた。

「いいや、それがさあ。若のことをそちらに教えた直後、ずらかったんでさあ。やっぱし、若のことをそちらからかっぱらったんですかねえ。しかし、身代金も要求しないなんて、おかしな話さ」

海賊はそう言って、首の後ろに手を当てると、不思議そうに首を傾げた。

「おかしなはなしさ」

三代が真似をして、首の後ろに手を回し、その首を傾げてみせる。

家貞は慌てて、それをやめさせた。何であれ、もう海賊の真似などをさせるわけにはいかない。

これ以上、三代がならず者の影響を受けるのは勘弁願いたいところであった。

忠盛は海賊たちに対して、後ほど褒美をつかわすと言い、さらに隠岐爺とやらが戻ってきたら、必ずどこへも行かせず、自分たちに知らせてほしいと強く命じた。

そして、三代を連れて、一行は都へ戻った。

忠盛の妻の宗子は涙を流して喜び、宗子の産んだ次郎は、三代の帰宅がなぜそれほど母を泣かせるのか、まだよく分からないようであったものの、三代は無事に元の生活に戻った。

「何だか、三代君はご様子が変わったようでございますね」

口の利き方や振舞いの変化に気づいたのは、宗子だけではない。だが、そうしたところも、間もなく以前のように戻ってしまった。

やがて、三代がすっかり以前の暮らしに馴染んだ頃になって、忠盛は感じるようになった。

息子は何かを隠しているのではないか、と――。

二

妻戸に人の気配がして、忠盛ははっと我に返った。

「父上、清盛が参りました。家貞の爺もおります」

「おお、入ってくれ」

忠盛は抜丸を床の上に置き直し、二人を招き入れた。

家貞の命を受けた二人の郎党たちが、小烏の太刀と唐革威の鎧を運び入れた。忠盛はそれを見届けると、家貞だけを残して、郎党たちを引き取らせた。

清盛は忠盛の前に着座し、その少し後ろに家貞が座った。

清盛の頭には、黒い烏帽子《えぼし》が居心地悪そうに載っている。その姿を由比に見せてやれなくて残念だと思いながら、忠盛はふと、抜丸に眼を落とした。

それから改めて視線を上げ、忠盛はまっすぐ清盛を見つめると、

「そなたも無事元服を果たした。よって、我が家に伝わる小烏の太刀と唐革威の鎧を、そなたに譲り渡そうと思う」

と、申し渡した。

すでにそれらの品を眼にしていたのだから、忠盛の言葉は予測していたはずだ。だが、いつまで待っても、清盛の口から返事はなかった。

「若君」

たまりかねたように、後ろから家貞がせっつく。

「殿に、感謝のお言葉を――」

仕方なさそうに、清盛が口を開いた。

「その、私がいただいてもいいのですか」

遠慮しているというより、困り果てたといったふうに聞こえる。

「どういう意味だ」

「言葉通りの意味ですが……」

「それは、受け取りたくないということか」

「その、これを受け取れば、父上の跡を継ぐという意味になるのでしょうか」

「まあ、そうであろうな」

虚を衝かれて、忠盛はあいまいな返事をした。

「だったら、何も急いで私に譲らなくてもいいでしょう。弟たちもいるんですから……」

弟たち――清盛が複数で口にしたように、今の忠盛には数人の息子たちがいる。だが、その中でも、跡継ぎになる資格があるとすれば、それは長男である清盛と、正妻宗子の所生である次男の次郎だけだろう。だが、その次郎もまだ元服前である。

だから、急がなくてもいいという清盛の意見は、理にかなっていた。

だが、遅れれば遅れるほど、問題は厄介になる。次郎もその周囲の人間も、跡継ぎの座への欲を持ち始めるかもしれないからだ。今ならば、次郎は何も分かっていない。清盛が跡継ぎだといわれれば、それをそのまま受け容れるに違いなかった。

そういうことを言い聞かせるのは、難しいことではない。

だが、清盛にその気がない以上、無理に跡継ぎと定めることは、誰にとっても不幸であるような気がした。

「ならば、まあ、この話はまたとしよう」

忠盛はあっさり引き下がった。

「ただし、これは受け取りなさい」

忠盛が差し出したのは、抜丸である。

「これはそなたの亡き母の形見である。これをそなたに譲るというのが、母との約束であった」

以後は、家伝の剣として、清盛自身の子孫に譲り渡すように――忠盛はそう命じた。

これで、清盛が平家の棟梁になろうがなるまいが、抜丸は清盛の子孫に受け継がれる。一応、祇園女御との約束は守ったことになるだろう。

「この剣はふつうの剣のように使うのではない。いわば、守り刀だ。決して鞘から抜いてはならぬ。だが、持っていれば、その持ち主を幸いにしてくれる」

清盛は抜丸を手にしたまま、じっと思いにふけるように忠盛の話に聞き入っていたが、やがて、

「この鞘に彫られているのは、榊の葉のようですね」

ふと気づいたというふうに呟いた。

「……ふむ。そうかな」

もちろん、忠盛は気づいていた。が、あいまいにうなずくにとどめた。

「母上の名は由比と聞いています。そして、その姉君である祇園女御さまの御名は、確か、榊――」

「そなたの母は、この剣を女御さまからもらったと言っていた」

「そうでしたか」

清盛は抜丸に目を落としたまま言った。

「この剣は不思議ですね。鞘は黄金作りなのに、柄の部分は銀作りですが……」

「うむ、そうであったな」

確かに、清盛の言う通りである。

だが、それについて、忠盛は何の説明もできない。祇園女御ならその謂《いわ》れを知っているかもしれないと言うと、清盛はうなずいた。

「それでは、父上、これで失礼いたします」

清盛は自ら話を打ち切るように言い、立ち上がった。後ろに座していた家貞が、何か言いたそうな、申し訳なさそうな眼差を、忠盛に投げかけてくる。

だが、清盛がすたすたと行ってしまうので、家貞も慌てて後を追った。

忠盛は家伝の宝たちと共に、室内に取り残された。

（やはり、私には分からぬ。清盛が何を考えているのか）

そなたには分かるか、由比よ――亡き妻に語りかけながら、忠盛はひどく物寂しさを感じた。それはいつも由比に語りかける時、手に触れていた抜丸がもう、手許にないからに他ならなかった。

「若君」

家貞を待つという気遣いもなさそうに、すたすたと歩いていた清盛は、爺の声が近付くなり、急に立ち止まって振り返った。

「なあ、爺よう」

忠盛の前にいた時とは別人のような、気安い口調で家貞に語りかけた。その声には、忠盛に対する時にはなかった甘えのような響きも備わっている。

「俺はさ、正直言って、父上の跡を継いで、棟梁になりたいとは、あまり思わないんだ。爺や貞能のためには、そうしてやりたいと思わないわけでもないんだけどさ」

家貞が言わんとするのを制するように、清盛は先に言った。

「ですが、忠盛さまとてそうお望みでしょう。それに、祇園女御さまも――」

機先を制された形で、家貞は力なくそう呟くしかない。

「そうだな。女御さまは俺が一門の棟梁になることを、お望みだろうな」

しんみりとした口調で、清盛は言った。

「だけどさ、女御さまがそうお望みになるように、義母上《ははうえ》（宗子）だって、次郎に跡を継がせたいって思っているだろうよ。どっちにしても、どちらかを悲しませることになるんだ。だから、俺はこの話が出るのが嫌だったんだよ」

心底困り果てたというように、清盛は太い眉を寄せた。男らしい顔つきがさらに引き締まったように見える。

「まあ、今すぐにご決意あそばされなくとも、よろしいのでしょうが……」

家貞としては折れる形で、そう言うしかなかった。

「じゃあさ。俺はこれからちょっと出かけてくるから、後はよろしくやっといてくれ」

清盛は急に愛嬌のある笑顔を浮かべて、調子よく言った。

「出かけるといって、どちらへ――」

家貞は慌てて尋ねた。

「ちょっと、右京へ――」

清盛は杯を傾けるような手つきをして、にやりと笑ってみせた。

「酒ならば、ここでも飲めましょう。貞能がお相手つかまつりましょうに……」

「貞能とはまた別の機会に飲むよ。今は、右京で飲みたいんだ」

「右京なんぞのいかがわしい場所へ行くのは、爺は感心しませんぞ」

「まあ、そう堅いこと言うなよ」

清盛は白い歯を見せて言うと、後は家貞の言葉も待とうとせずに、くるりと背を向けた。

この調子のよい若者に言い負かされて、大きな溜息を漏らすことになるのは、家貞のいつものことであった。

三

右京五条の外れにある、「壺屋」という看板を掲げた一軒の酒屋——。

そこは、ならず者や不良少年たちの溜まり場となっていた。清盛が出入りしている酒屋である。

中は思いのほか薄暗く、酒の匂いに混じって、独特の生ぐさい臭気がある。それは魚の油で明かりを採る臭いであった。

通常、公家の邸などで使われる木や草の油は高い。それゆえ、庶人たちの出入りするこういった酒屋では、魚の油を使うのだった。

「おっ、若じゃねえですか」

清盛が店の中へ入って行くと、中に溜まっていた男たちの中から、顔をくしゃっと嬉しそうにゆがめて、一人の若者が飛び出してきた。清盛よりは年上だが、まだ二十歳前に見える。

「よう、栖庫裏《すぐり》か。景気はどうだい」

清盛は気安く声をかけた。

「だめっすね。四一半《しいっはん》も七半《しちはん》も、若がふってくれなくちゃ、ツキが回ってこねえ」

栖庫裏と呼ばれた若者が言った。目が垂れているので、顔をしかめると、泣いているように見える。

「陳《ちん》はいないのか」

「あっ、奥で双六やってますんで……」

栖庫裏は答え、呼んでこようかと尋ねた。

「いいさ、待たせてもらうよ。酒をくれ」

栖庫裏はただちに席を空けると、奥の女将に酒を注文した。

ここで出る酒は、公家の邸で飲まれるような清酒の諸白《もろはく》でもなければ、掛米《かけまい》のみに精白米を用いた片白《かたはく》ですらない。この店で造っている濁り酒である。

だが、清盛は諸白よりも、酔いの早く回る濁り酒の方が好きだった。頼んだ酒が運ばれてくると、栖庫裏は清盛の横に陣取って、共に飲み始めた。

二人が一杯目の酒を飲み終わるか終わらぬうちに、奥の部屋から、がやがやと人が吐き出されてきた。どの男たちも、一筋縄ではいかぬような、ならず者たちばかりである。

「ちぇ、やってらんねえなあ！」

大きなだみ声を上げている。鼻息の荒い三人ほどの男が、足音を踏み鳴らしながら、外へ出て行こうとした。

「あっ、お客さんっ！」

奥から女将が飛び出してきた。

「賭場へ入る前に飲んだ酒代を、まだお支払いじゃありませんよ」

「何だとう。それは前払いしたじゃねえか」

肩までの髪を結いもせず、ざんばらにした二十歳くらいの男が凄んでみせた。

「俺たちからぼったくろうなんて、たいした女将だな、あんた」

「でも、お客さんたちは、賭場で稼いだ金子で払うからって——」

「そんな話は覚えてねえなあ！」

坊主頭のいかつい男が、横から女将をひょいと突っついた。女将はよろけて、そのまま近くの卓に躯をぶつけた。

「おいっ！」

その時、女将のぶつかった席から、立ち上がった男が声をかけた。清盛であった。

「何だよ、兄さん」

坊主頭がのしかかるように、清盛の前に立った。清盛はさらに一歩踏み出した。

「博打で負けた腹いせに、飲み代を踏み倒そうっていうつもりだな」

「何も、踏み倒しゃしないさ。奥の野郎が、代わりに払ってくれることになってるんだよ」

ざんばら髪の男が清盛の左脇にずいと寄って、にやりと笑う。

清盛の右側には、背の低いずんぐりした男が、すでに間合いを詰めていた。

清盛は覚悟を決めた。その時、

「その野郎っていうのは、俺のことかね」

清盛の背後から顔を出した男がいた。

二十代半ばほどの逞しい長身の男である。いかめしく引き締まった顔つきをして、眼つきは鋭かった。

「陳っ！」

清盛は振り返って笑顔を見せた。

「何か揉めてるなと思ったら、やっぱり若が来てたんですな」

陳も鋭い眼差を、清盛を相手にする時だけは和らげて笑ってみせる。

「お前らの飲み代を立て替える約束なんざ、覚えはねえな。何なら、外で話をつけようか」

「ちっ！」

坊主頭が大きく舌打ちをした。

陳がこの界隈で顔の利く大物の博打うちであることを、承知しているのだろう。陳を相手に大口を叩くつもりはないらしい。

「今日のところは俺が立て替えておいてやる。とっとと失せろ」

陳が凄みを利かせた声で言うと、坊主頭たちはこれ幸いというように、わらわらと飛び出して行った。

「相変わらず、たいした顔だな」

清盛が感心した様子で言う。

「若のようなお人が、あんな雑魚どもを相手にしちゃいけませんぜ」

陳は笑いながら言い、清盛と栖庫裏の席の隣へ腰を下ろした。女将に先ほどの悪党どもの酒代をつけるよう言い、さらに新たな濁り酒を注文する。

この陳と栖庫裏は、壺屋での清盛の遊び仲間だ。

陳は、その呼び名が示すように父親が宋人《そうひと》で、倭寇の被害を受け、海賊によって日本にさらわれてきたという、変わった経歴の持ち主であった。

海賊たちと一緒に活動している時、お縄になり、京の獄舎へ入れられた。その後、縄抜けに成功して、そのまま京の町にごろつきとして住み着くようになったという。

「なあ、お前らさあ、隠岐爺のことを覚えているかい」

注文した酒が届いて、陳が杯を傾けるのを見届けると、清盛はふと思い出したというふうに切り出した。陳が不思議そうな顔を、清盛に向けた。

「隠岐爺についちゃ、若が一番知っておられましょう。何たって、一年も一緒にいなすったんだから――」

「そうなんだが……。隠岐爺の過去がどういうものか、そこまでは知らねえな」

清盛は考えこむようにうつむいた。

「そういや、若が初めてここへ連れて来られた時と、二度目に一人でやって来た時じゃあ、別人みてえに人が変わってたよな」

栖庫裏が陽気に口を挟んだ。

「最初はさあ、良家の坊ちゃんがかどわかされたみてえに、びいびい泣いてたのによ。一年半くらい経ってから、一人でここを探し当てて来た時はさ。いっぱしのごろつきみてえな口を利くようになってたじゃねえか」

「そう……だったな」

気遣わしげな眼差を清盛に注ぎながら、陳があいまいに相槌を打った。

「サイコロふりも、すげえうまくなっててさ。まだ、六つか七つくらいの時だったろ。それで、大人顔負けの博打うちになってんだからよ。実際、隠岐爺って奴あ、すげえ奴だね。いったい、どんなふうに若を仕込んだんだか！」

栖庫裏は昂奮してしゃべっていたが、その話を清盛はほとんど聞いていなかった。

「俺は小さかったけど、隠岐爺と一緒にいた時のことは、妙にはっきりと覚えてるんだよ。隠岐爺に聞かされた言葉だとか、連れて行かれた海辺の洞窟みてえな、不気味な岩場のことだとかさ」

清盛はぼんやりした眼をして言う。

その洞窟みたいな岩場の話とやらが、それから続くのかと、陳は待った。

だが、それきり清盛は、糸の切れた傀儡《くぐつ》の木人《ぼくじん》（人形）のように、ぴたりと動きを止めてしまった。

その後はもう、自分一人の物思いにとらわれた様子で、杯を口に運ぶのさえ忘れてしまったふうに見えた。

四

幼い三代には、母がいなかった。

だが、その弟には母がいた。そして、その人がこれからは三代の母にもなるのだと、周りの大人たちが言った。父も言い、爺も言い、母になる人も言った。

だが、大人たちの言葉に欺瞞があることを、三代はうっすらと察していた。

継母と弟と共に暮らし始めて間もない頃、三代は弟の次郎を、邸内の使われていない一画へ連れて行った。

そこは北側の殿舎とその庭で、元は三代の生母が暮らしていた場所であったが、その事を三代は知らなかった。

その庭先には、三代の好きな花が咲いていた。明け方に開花して昼ごろにはしぼんでしまうその白い花を、次郎と一緒に持って行けば、継母は喜ぶだろうと思った。

ところが、その庭先で事件が起こった。蛇が地面を這っているのを見た次郎がおびえて泣き出したのだ。

三代は蛇など怖くなかったから、その蛇を平気でつかまえてみせた。次郎はそれを見て、余計に大声を上げた。

その時、その声を聞きつけた女房たちが、駆けつけてきた。

「まあ、三代さまときたら、乱暴な……」

「弟君をお泣かせしてはなりませぬ」

新しい母が連れてきた女房たちは、一方的に三代が次郎をいじめていたと決めつけた。幼い三代に、言い訳の言葉は見つからず、その一件はそのまま継母に伝えられた。

継母は三代を叱らなかった。

「次郎は三代君と違って、臆病者でござりますゆえ、ご一緒に遊んでくださらなくてもよいのですよ」

それは、次郎にはかまうなという言葉にも聞こえた。

新しい母は思いやりがあり、優しかったが、三代は弟との距離の違いを敏感に察した。それでも、父は違うと思っていた。

父との距離は、次郎より近いものでなくとも、せめて分け隔てのないものであると思いたかった。

実際、三代と次郎が共にいる時、父が二人の息子たちを分け隔てすることはなかった。しかし、そこに新しい母が加わる時、やはり父の右眼は三代よりも、次郎の方に温かく注がれているように感じられた。

その上、父は次郎が泣いた一件を聞いたはずであるのに、三代に何も言わなかった。どうして弟を泣かせたのかと叱りでもしてくれれば、事実はそうでないと言うこともできた。

（ちちうえ……）

目の前にいながら、自分ではなく弟に顔を向けている父に、三代は心の中で呼びかけることしかできなかった。自分を見てほしいと、口に出して言えなかった。

泣き出したい思いで、見上げた父の横顔に視線を当てた時、三代は思わず息を止めた。

父の左の眇が自分の方を向いていたのだ。父が眇だということは知っていたし、それを恐れたことなど、それまではなかった。

だが、その日、三代が見た父の眇は、死んだ魚の眼のように感情がなく冷たかった。

（ち、ちちうえ……）

父と次郎の傍らで、二人に優しく向けられていた継母の眼差が、その時、三代に注がれた。継母は三代にも優しく微笑みかける。

だが、三代は、次郎がそんな継母に、不満そうな眼を向けることを知っていた。次郎は、自分のものだけだったはずの母が、三代に奪われるのではないかと恐れているのだ。

それは、何とはない罪悪感を三代に抱かせた。

自分はここにいてはいけないのだ。三代は頑なに思いこんだ。

もしかしたら、次郎にとっての母のような存在が、自分にもいるのかもしれないと思った。その人のいる場所へ行けるかもしれない。漠然とした思いもあった。

だから、それまで暮らしていた邸を出た。

邸から、それほど遠くない場所であったろう。隠岐爺と名乗る老人と巡り合ったのは――。

隠岐爺は初め、三代をこの右京界隈の壺屋に隠した。ごろつきやならず者が出たり入ったりしているこの酒場には、ぼろきれを着た子供たちもまぎれこむことがある。

だが、良家の子供が来ることはなかったから、三代は目立った。栖庫裏がその時の三代をよく覚えていたのもそれゆえに違いない。

そうするうち、隠岐爺は三代を連れて、壺屋を出た。それから先のことは、はっきりと覚えているわけでもない。だが、馬に乗ったのも、船に乗ったのも、この旅が初めてのことであった。

とにかく、何日も何日もかけて、遠い場所へ行った。

そこは、海の見える場所であった。

海沿いに立ち並んだ何軒かのぼろ家の一つに、隠岐爺と三代は住みついた。そこは、海賊たちの根城であり、その辺りの家々は誰も彼もが出入り自由であって、どれが自分の家か分からぬふうであった。

海賊といっても、年がら年中、海賊稼業をしているわけではなく、漁に出たり畑を耕したりする者もいた。船が港にやって来ることがあると、得物を担いで出かけて行き、関銭を素直に払うならよし、そうでなければ積荷を奪った。

あっちの家でも、こっちの家でも、賭け事は頻繁に行われ、隠岐爺はサイコロふりの名人とされていた。隠岐爺の家にはよく荒くれた男どもが集まってきて、賭場を張った。

三代の耳に残っているのは、男たちの威勢のよい掛け声と、サイコロをふる音、しんと静まり返った中で、妙に大きく聞こえる唾を飲む音などだった。

そして、そこはいつでも波の音が聴こえていた。荒い波涛に不安を覚えたこともあれば、風がやんで海が凪ぐ時、それは穏やかな子守唄となった。どこか切ない海の調べが、幼い心を慰めてくれた。

そんな暮らしの中で、特に印象深く残っているのは、隠岐爺に連れて行かれた岩場の洞窟での出来事だった。

三代は何も教えられず、ある時、海辺をずいぶんと歩いて、その岩場へ連れて行かれた。途中、何度か隠岐爺がおぶってくれた。

その岩場の洞窟には、白髪白髯の仙人のような老人が暮らしていたのである。その老人は眼が見えなかった。どうやって暮らしているか分からなかったが、近くに住む者たちが生活の世話をしていたのだろう。

その老人は占いをよくした。占ってもらう者たちが見料代わりに、必要なものを持ってきていたのかもしれない。

いずれにしても、隠岐爺はその盲目の占い師の許へ着くなり、三代を前に押し出して、

「この子の宿世《すくせ》を見てやってくれ」

と、言い出したのだ。

三代には否やを言うことはできなかった。だが、その時の何ともいえぬ恐怖心は、

その後もずっと忘れることはなかった。

眼の見えぬ占い師が、三代の頭や頬、肩などを順に撫でさすり、しばらくして、かっとその眼を見開いた時の恐ろしさ。その者の眼は白く、黒眼がなかった。

三代は、ひいっと漏れそうになる叫び声を、こらえるだけで必死であった。

「この者は、北天《ほくてん》の王《おう》たるお方」

占い師はおごそかな声で、託宣をするように告げた。

「ほくてんの、おう……」

隠岐爺がゆっくりとくり返した声まで、耳の奥に残っている。

「すなわち、北の天の王。北の空には天帝の玉座がある。一天四海を統《す》べる王の座じゃ。それはこの方のもの」

朗々たる調子で占い師は言った。

「つまり、この子は玉座に座ることになる、と――」

震える声で隠岐爺が尋ねていた。

「この方は蒼龍《そうりゅう》の子。まさに、天に駆け上る龍のごとく、高みに昇られましょうぞ」

「まことに、まことに王になる宿世だというのか」

「さよう。この方は、いかなる望みも叶えられる宿世をお持ちじゃ。権力も財宝もすべては望みのままとなられよう」

岩場に打ち寄せる波の音がする。潮の匂いもここはきつい。

三代は意識が遠のきそうに思った。だが、その耳に捻じこまれるようにささやかれた言葉がある。

「やはり、若の父上は、これまで父上と呼んでいたお人ではないのだ。まことの父上は、いずれこの隠岐爺が教えて進ぜよう」

粘りつくような隠岐爺の言葉は、占い師の言葉と共に、三代の心にしっかりと根を下ろした。

摂関家の娘

一

大治《だいじ》四（一一二九）年七月七日、白河院が霍乱《かくらん》により急逝した。

清盛が元服して、わずか半年後のことである。亡くなる数日前まで、治天の君として政務にあずかっていただけに、暗殺説さえ流れたほどの急死であった。

（よりによって、何ゆえ、この日に……）

七夕の夜、忠盛の胸に兆したのは、苦悩の名残ではなく、夢路に誘うような懐旧の思いであった。

（まるで天《あめ》の海を行く舟が、法皇さまを迎えに来たようではないか）

忠盛は亡き白河院のため、挽歌を一首詠んだ。


またも来む秋を待つべき七夕の　別るるだにもいかが悲しき

秋は来年もまたやって来る。七夕の夜もまた、やって来るというのに、牽牛と織女は別れを惜しみ、私もまた、我が君とお別れする悲しみに沈んでいる。

白河院の寵臣の一人として、忠盛は素服《そふく》（白地の喪服）を賜った。

（俺の父親かもしれぬ人が、死んだ……）

ふとした拍子に、思いに沈むことがある。曹司に寝そべっている時、流鏑馬《やぶさめ》を射る瞬間、壺屋で杯を傾ける時——ふっと心に隙間ができる時、清盛の脳裡に浮かんでくるのは、亡き白河院のことなのであった。

父と認めてもらったことなどない。それどころか、まともに会ったことさえないのだ。

もちろん、清盛は祇園女御の猶子であったから、その御所に出入りしていたし、そこに白河院が来合わせることもあった。だが、そういう時、清盛は女御に会うことさえ遠慮してしまった。訪ねて行けば、白河院とも対面させてもらえただろう。

しかし、どんな顔をして挨拶すればよいのか、清盛は分からなかった。それに、白河院に対面したと知れば、忠盛がどんな思いを抱くか、想像もつかなかった。

（けれど、そうして躊躇っているうちに、法皇さまは逝ってしまわれた……）

もう二度と会うことはない。本当は自分の父親なのかと、尋ねることもできない。

（これで、よかったんだろうか）

清盛の心は、壺屋のにぎやかな喧騒とは裏腹に沈んでいった。

辺りの騒々しさなど耳に入らぬといった様子で、杯をみるみる干してゆく。だが、少しも酔った気はしていなかった。

「どうしたんだよ、若。ぼんやりしてさ」

ふと気づくと、飲み仲間の栖庫裏が、不審そうな眼を向けていた。

「あ、ああ。何の話だったっけ」

清盛の言葉に、栖庫裏は少し傷ついたような顔をする。

「鴨院《かものいん》の話ですよ」

とりなすように、陳が言う。

「ああ、あの摂関家のお邸だな」

都に暮らす者なら、身分を問わず、鴨院の存在は知っている。

三条坊門小路の北側、室町小路と町尻小路に東西を挟まれた大邸宅で、摂関家の所有であった。帝や中宮、上皇などを招くこともある有名な邸だ。

「確か、先月、火事に遭《あ》ったんだよな」

都の火事はめずらしいことではなく、放火も頻繁であったが、内裏や大貴族の邸の火事は大事件である。鴨院が火事に遭ったのは、大治五年一月のことであった。

「まあ、全焼ではなく、焼けたのは一部だそうですけど……」

陳が答えた。

「大事な話はこれからですぜ。昨年の十月、宇治の富家殿《ふけどの》が、今年に入って先月は鴨院、今月は近衛富小路殿《このえとみのこうじどの》が火事に遭ったんだ。これの意味するところは、若なら分かるでしょう」

栖庫裏が早口に言い、話の矛先を清盛に向けた。

「もちろん分かってるさ」

清盛はにやりと笑って栖庫裏を見た。

「それ、全部、お前がやったって言うんだろ」

栖庫裏は一瞬、目を丸くして沈黙したが、

「ひでえな」

からかわれたことに気づくと、唇をとがらせて清盛を見た。

「軽口だよ。その邸が全部、摂関家の持ち物だって話だろ」

清盛は栖庫裏をなだめるように言い直した。すると、陳がうなずきながら、

「まあ、若のおっしゃるように放火でしょうな」

と、応じた。

「俺、やってねえぞ」

栖庫裏が慌てて口を挟む。

「お前がやったとは、俺も陳も思ってねえよ。だけど、摂関家に喧嘩を売ろうっていうのは、ずいぶんといい度胸の野郎だな」

「まあ、上つ方の世界にも、いろいろあるんでしょう。もっとも、放火の下手人は誰かに命じられたんでしょうが……」

「摂関家を怨んでる公家衆かな」

清盛は安直に呟いたが、これに対して陳は大きく首を横に振った。

「そうとも限りませんぜ」

「どういう意味だ」

「これは、摂関家、というよりも、摂関家の大殿への抗議かもしれんのです」

「大殿って、忠実公か。今の関白は、大殿のご子息の忠通公のはずだが……」

「今の関白は関係ないでしょう。それより、大殿がある人物をかくまってるって、噂があるんです」

陳はそこまで話して、栖庫裏を見た。後の手柄は栖庫裏に譲ろうというのだろう。見れば、今すぐにでも話し始めたそうな顔つきをしている。

「源義親って言えば、若も名前は知っているでしょう」

待ちかねたように、栖庫裏が口を開いた。

「よしちか、だとっ！」

清盛は思わず大声を出してしまった。

祖父正盛が討伐して、名を揚げたという逆賊の名ではないか。この討伐により、正盛は白河院に引き立てられ、その功績が忠盛に受け継がれた。平家一門としては忘れられない名だ。

だが、義親は死んだ人間である。その死人を、どうして忠実がかくまっているのか。

そうした清盛の疑念を察したように、

「若だって、聞いたことがあるんじゃないですか。実は、正盛公が討ったのは偽者で、本物の義親は生きているって噂を——」

と、栖庫裏が訊いた。

「そりゃ、まあ、有名な話だからな」

清盛は慎重に言って、唇を舐めた。

「その義親が現れたんです。それも、法皇さまが亡くなった後にですぜ。それで、摂関家の大殿がかくまおうということになったらしい」

「義親——まあ、本物か偽者かということは置いといて、その義親を名乗る男はどうやら鴨院にかくまわれていたらしいんです」

陳が口を挟んだ。

「だから、鴨院が放火に遭ったのか」

「義親を殺そうとして、とは限りませんがね。ただ、摂関家のお邸が何度も狙われるのには、義親が無関係ってことはないでしょう」

「見てみたいな」

あらぬ方を見つめて、清盛が呟くように言った。

「義親を、ですかい？」

栖庫裏が驚いた顔を向けたが、清盛はそちらを見ないまま、

「ああ。見てみてえ」

低い声でうなずいた。ならず者ふうの物言いには、どこか少年とも思えぬ凄みがある。

「なら、今から鴨院へ行ってみますかい？」

陳が不意に訊いた。余計なことを何も言わず、いつも的確に心を汲み取ってくれる陳の顔を、清盛は見返した。

「よおし、行くぞ！」

清盛は壺屋の床を蹴り飛ばすような勢いで、立ち上がっていた。

二

摂関家の前当主で、今は隠居している藤原忠実が、なぜ逆賊の源義親をかくまったのか。

鴨院へ向かう間、清盛はその事ばかりを考え続けていた。

（法皇さま崩御の後、すぐに現れたってのが気になる）

白河院と忠実には、浅からぬ因縁があった。

まず、白河院は養女の璋子を、忠実の息子忠通に嫁がせようとしたが、断られている。この時、忠実は璋子の養母である祇園女御に泣きついたのだが、清盛はそこまでは知らなかった。いずれにしろ、白河院はこの事で、忠実に不快の念を持っただろう。

次に、白河院は璋子を今の鳥羽院に入内させたが、実は忠実も娘の勲子《いさこ》を入内させたがっていた。白河院と璋子の影響力が強すぎるうちは果たせなかったが、鳥羽帝が成人した頃、忠実がその話を持ち出すと、帝はあっさり承諾した。

この頃には、鳥羽帝もようやく、白河院と璋子のただならぬ関係に気づいていたのかもしれない。

「関白の娘の入内など、とうてい許せぬ！」

白河院は激怒し、忠実を関白職辞任に追いこんだ。

忠実は宇治に隠居し、それから間もなく、鳥羽帝は璋子所生の第一皇子顕仁に皇位を譲った。

今の崇徳帝である。崇徳帝は清盛より一歳年下であるが、実は鳥羽院の子ではなく、白河院の胤ではないかとの疑惑がある。

(帝は、俺と同じように、法皇さまの息子かもしれないと言われているのだな)

顔も見たことのない帝に、何とはない親近感を覚えぬわけでもない。

だが、こうした事情から、忠実が白河院を怨むのは当然だった。もちろん、璋子にからんで、鳥羽院にもさまざまな思いがあったろう。

その白河院が亡くなった。

重石《おもし》の取れた鳥羽院と忠実が、手を組むというのは十分にあり得る。

(そこへ、義親が現れた)

義親討伐は、白河院政絶頂期の象徴的な出来事でもあった。

「賀茂川の水、双六の賽、山法師より他、天下に思い通りにならぬものはない」と言った白河院の、絶対的な力の象徴なのだ。

その義親が生きていたとなれば、白河神話は崩される。義親を保護することで、

——余は白河院とは違った政《まつりごと》を行う方針である。

鳥羽院はそう示すつもりなのかもしれない。

そうは言っても、白河院亡き後、治天の君となった鳥羽院がおおっぴらにかくまうわけにはいかないから、忠実にやらせたのではないか。

(そうか。義親は新しい時代が来ることを示す道具のようなものなんだな)

清盛はそう考えた。

そこで、ふと別の考えが浮かんだ。

この事は、父忠盛にとって、どういう影響を及ぼすのか。

忠盛は白河院の寵臣だった。鳥羽院との密接なつながりはない。

鳥羽院が白河色を一掃しようとするなら、忠盛もそのあおりを食らうかもしれない。

——お前たちの築いた繁栄は、すべて偽物なのだ。

義親の存在そのものが、平家一門への圧力になる。

(俺は義親を見て、どうしたいのか)

清盛は自分の心を量りかねていた。

衝動的に義親を見たいと言い、陳や栖庫裏を連れ出してしまったが、どうしようということまでは考えていなかった。

それでも義親のことが気になってしまうのは、やはり父のことが心配だからなのか。

「おっ、もう鴨院の築地《ついじ》が見えてきましたぜ」

小走りで進む清盛の後ろから、栖庫裏が声をかけてきた。

壺屋のある五条から三条はそれほど遠くない。だが、貧しい庶人の町右京のはずれから、貴族の邸宅の立ち並ぶ左京へ渡るのに、時間をくった。

壺屋を出て一刻も経ってはいないだろうが、そろそろ辺りは薄暗くなり始めている。右京から向かった清盛らは、西側の築地にぶつかり、そこで立ち止まった。門は四面にあるはずだが、それらしいものは見当たらない。

「義親はどの辺りにいるのかな」

清盛は呟いた。

「とりあえず、この辺りから忍び込んでみますかい」

気の早い栖庫裏が言う。

「……ううむ」

盗賊の真似事をするのは気が引ける。邸を出入りしている者でもいれば、中の様子を尋ねることもできるのだが……。

清盛が躊躇っていると、

「まずは、築地に沿って、門を探しましょう。この時刻なら、邸を出入りする者もいるはずだ」

陳が提案した。

そこで、とりあえず清盛は北を目指して、歩き出した。

さすがに、摂関家の邸宅は広い。ところどころ、庭先の樹木が築地からはみ出しているのが見えるが、それ以外には何も変化のない塀がどこまでも続いている。

古い邸だと、築地のどこかが破れていたりするものだが、手入れも行き届いていて、隙は一つも見当たらなかった。

「火事に遭った場所は、もう修復されちまったのかな」

清盛の呟きには、

「まあ、摂関家ほどのお家になると、修復費用を出したがる者も多いですからな」

訳知り顔の陳が答えた。

確かに、かの藤原道長の邸が火事に遭った時、その配下だった源頼光《よりみつ》は、新しい邸の調度一式を取り揃えて進呈したと伝えられている。火事に遭ったお陰で、かえって財物が増えたらしい。

藤原忠実はその道長の五代目の子孫、鴨院にかくまわれているという義親は、頼光の弟頼信《よりのぶ》から四代目の子孫にあたる。

「おっ、あそこに人がいますぜ」

斜陽の薄い明かりの中で、栖庫裏が指差す前方を見れば、被衣《かずき》をした女らしい人影が二つある。

だが、鴨院から出てきたという様子ではなく、築地の中を窺っているふうに見えた。

「何か、曰《いわ》くありげな様子ですな」

二人の女は、築地に向かって立ったまま、動き出そうとしない。

「声、かけてみるか」

清盛は躊躇《ためら》いなく言い、陳と栖庫裏の返事も待たずに、女たちに向かって歩き出した。

「あの――」

清盛が近付いて行くと、女たちはびくりとした様子で、こちらへ顔を向けた。

被衣の下から現れた顔は、想像以上に若かった。二人とも、せいぜい十五、六歳だろう。身なりのよい方の女が主人で、片方は侍女と思われるが、主人の方にしても、たいして身分のある者ではないようだ。装束なども、清盛の義母宗子の方がよいものを着ている。

「ちょっと、訊きたいことがあるんだが……」

女たちは少し後ずさるようにした。

清盛は右京に出入りするため、庶人の着る水干姿でいたことに気づいた。その上、後ろに控える陳と栖庫裏の格好を見て、変なならず者にからまれたと、思われたのかもしれない。

「俺は怪しい者じゃない。後ろの連中も、あんな形《なり》はしてるが、悪い奴じゃないから、安心してくれ。俺は備前守平忠盛の息子で、清盛という。官職は左兵衛佐だ」

清盛は女たちを安心させるように、正直に語った。

その口ぶりに偽りが感じられなかったからか、しばらくしてから、

「備前守さまのことなら、伺ったことが……ございます」

主人らしい女の方が、か細い声で言った。清盛のことは知らなくて当然だが、忠盛のことは知っていたようだ。

「そちらも名乗ってくれるかな」

清盛はできるだけ優しい声で尋ねた。

「私は……高階基章《もとあき》の娘で、章子《あきこ》といいます」

高階家といえば、古い家柄である。だが、基章という名を耳にしたことはなかったから、家柄そのものはあまりよくないのだろう。

「ここが鴨院と知って、中を窺っていたのか」

その問いかけが尋問のように聞こえたのか、

「私たちは、何もやましいことはしておりません」

章子は血相を変えて言った。

「別に、疑っているわけじゃない。だけど、こんな所をうろうろしていたら、おかし

な疑いをかけられる恐れがある。何せ、最近の鴨院は怪しげだからな」

「えっ、怪しげって……」

「もう何年も前に討ち取られたはずの逆賊、源義親がここにかくまわれているって噂、聞いたことがないのか」

「ありません。でも、逆賊がいるなんて、こわい……」

章子は恐ろしそうに身を震わせた。だが、たちまち表情をくもらせると、

「ならば、中にいる人は危険なのではありませんか」

と、真に迫った声で訊いた。中に恋人でもいるのだろうかと、清盛が思いかけたその時、

「若っ！　人が来ますぜ」

緊張した栖庫裏の声が、二人の会話を打ち切った。

章子の顔におびえが走る。やましいことをしていないと訴えていたが、やはり人に知られたくはないのだろう。清盛にしても、あまり厄介なことに巻き込まれたくはなかった。

「ひとまず、あっちの小路へ入ろう」

清盛は東西に延びた小路を指差し、突然、章子の手を取って走り出した。

章子は驚く間もなく、引きずられるようにして走り出し、その後を栖庫裏と陳、そ

れに章子の侍女が追いかける。

　黄昏に染まり始めた淡い光の中で、五つの影は鴨院の築地から次第に離れて行った。

　やがて、しばらく行った所で、清盛は止まった。手を離してやると、章子は喉許を押さえるようにして、苦しげに息をくり返している。清盛らにとっては何でもないが、女の身で走ったことなどないのだろう。章子と侍女の呼吸が静まるのを待ってから、清盛は口を開いた。

「鴨院に、誰か知り合いがいるのか」

「はい……。妹がいるのです」

　章子は躊躇いも見せず、素直に答えた。

「妹の身が心配で、あそこに佇んでいたわけか」

「ええ。容易には出てこられないものですから……」

「女房として仕えているんだな」

　清盛の問いかけに、章子は無言でいた。

　高階家の娘では、女房にもなれないのかもしれないと、清盛は思った。下働きの侍女なのか。

「だけど、邸を出ることは無理でも、文のやり取りくらいはできるだろうに……」

「でも、私から文を出せば、迷惑がかかるかもしれませんし……」

章子は遠慮がちに言う。清盛は首を傾げた。

「その、妹は女房ではないのです」

意を決したように、章子が言った。

「じゃあ、鴨院で何をしているんだ」

「妹は……前関白《さきのかんぱく》さまの娘なのです」

「前関白さまの娘だって！」

清盛は聞き違えたのかと思った。章子は高階家の娘だと言ったではないか。その妹が、どうして、前関白の娘になるのか。

「私と妹は、父親が違うのです。母は同じなのですが……」

それならあり得る話だと、清盛はうなずいた。清盛の母とて、白河院の許しを得て、忠盛に賜ったのだと聞いている。

「つまり、前関白さまの女を、高階家がもらい受けたというわけか」

遠慮のない言い方をしてしまったが、言った瞬間、何かが引っかかった。

それなら、姉妹が逆にならないか。姉の方が前関白の娘で、妹が高階家の娘になるはずだが……。

「いいえ、母は前関白さまから父に下されたのではありませぬ。父の妻になった後、前関白さまにお仕えして、妹を――」

「……へえ」

清盛はそれ以上、何とも感想を述べることができなかった。

この章子の母とは、よほどの美人だったのか。人妻でありながら、前関白の眼に留まったということらしい。

清盛は章子の顔を改めて見つめた。だが、高貴な人の心を奪うほどの美人とは思えない。

「わ、私は母には似ていないのです。妹は、母に似ているのですが……」

清盛の内心を察したのか、章子がきまり悪そうにうつむきながら言った。

「いや、別に、俺は何も……」

清盛は慌てて首を横に振る。だが、章子に対して、何か申し訳ないことをしたような気分が、胸中を支配していた。そのせいか、

「そんなに気になるのなら、俺たちが妹に会わせてやろうか」

気づいた時には、口が勝手に動いていた。

「若っ！」

それまで背後で黙っていた陳が、注意をうながすように声をかけた。

「その人の妹御は、鴨院で前関白の姫君として暮らしているのでしょう。身を案じるようなことはないかと思いますが……」

「妹はこれまでずっと、高階家で私と共に暮らしていたのです。ほんの半年ほど前、母が亡くなったのを機に、妹は前関白さまに引き取られました。でも、余所で育った娘ということで、鴨院でいじめられたりしていないか、私は心配で……」

陳の言葉に抗議するように、章子は懸命に言った。

「そんなに昂奮してしゃべらなくたって、妹をどれだけ案じているかは分かってるさ」

清盛は章子をなだめるように言ってから、陳と栖庫裏を振り返った。

「なあ、こんなに妹を心配してるんだぜ。表だって、会わせてくれって言い出しにくい事情もある。一つ、力になってやろうじゃないか」

「まったく、困ってる人を見たら、放っておけない性分なんですな」

陳があきれたように言う。だが、その眼は笑っていた。

「で、どうやって会わせてやるんですか」

「まあ、忍び込むしかないだろうな」

清盛は何の気なしに言ったが、章子は顔色を変えた。

「わ、私、お邸に忍び込むなんてできません」

「じゃあ、妹の方に出てきてもらうのかい」

「それは……」

章子の表情に困惑が走った。

「こうしたら、どうでしょう」

といって、陳が提案したのは、男たちが忍び込んで章子の妹を探し出し、その妹に門番を遠ざけてもらうという方法だった。

忍び込むのは陳と栖庫裏と決まり、清盛は章子らの傍らに付き添っていることになった。

「妹の名は沙耶《さや》といいます。前に文で知らせてくれたところによれば、北側の殿舎に住まいしているとか」

章子が妹について知っている情報はそれだけだった。陳と栖庫裏はそれだけ聞くと、

「気をつけろ」

という言葉さえ不要なほど、身軽な素早い動きで鴨院の築地を越えた。

「お願いがあるのですが……」

陳と栖庫裏が行ってしまうと、章子は意を決したように、清盛の前に頭を下げた。

「今の妹についての話は、誰にも言わないでください。妹はせっかく前関白さまの姫君と認められたのに、その生母が卑しい女だと公になったら、肩身の狭い思いをするでしょうから……」

「心配しなくても、誰にも言ったりしないよ」

心配性だなと笑ってみせると、章子は初めて、かすかに微笑みを浮かべた。

「その、章子……姫は、妹思いなんだな」

相手の名を口にするのは初めてだった。思わず口ごもったが、章子は清盛以上に動揺していた。

「姫などとやめてください。備前守のご子息から、姫などと呼ばれるような身の上ではございませぬ」

「では、何と呼べばいいんだ」

「章子――と、お呼び捨てください」

黄昏が濃くなりまさる築地の脇で、章子は恥じらうようにうつむいて言った。

三

鴨院の中へ忍び込んだ陳が戻ってきたのは、半刻も経たぬうちのことであった。

築地を飛び越えてきた陳は、

「西側の門に、姫はいらっしゃっています。栖庫裏が付いてますが……」

そう言ってから、少し躊躇うように口を閉ざした。

「どうしたんだ」

「姫の言い分では、この邸の門は南の大門以外、門番なんていないのだそうです。入ろうと思えば、誰でも簡単に出入りできるそうで……」

「摂関家の邸にしちゃあ、警備が杜撰《ずさん》すぎないか」

清盛は眉をひそめたが、

「まあ、だからこそ、火事にも遭ったのかもしれませんが……」

そんな二人のやり取りを、章子はほとんど聞いていなかった。

「沙耶に……妹に会えるのですね！」

たまりかねたように口を挟んで言う。

「はあ。ここから一番近い西門へ回りましょう」

陳はうながすように言い、先に立って歩き出した。清盛はその陳の横を歩いた。

「その、沙耶っていうお姫さんにはすぐに会えたのかい」

「はい。下働きの女にちょっとつかませたら、すぐに居場所は分かりました。だけど……」

再び、陳は言葉を濁した。今度は、後ろの章子を気にするように、ぐっと声を低くして続ける。

「どうやら、聞いた話では、そのお姫さんはこの邸で、お姫さまの扱いを受けてないみたいでしたな」

「どういう意味だ」

「まあ、前関白の娘だってことは皆、承知してるみたいですが、それも怪しいって思ってるようなんで……」

「怪しいってのは……」

「つまり、高階家が金目当てに、お姫さんを前関白の娘と偽って、押し付けたんじゃないかと——」

章子を見る限り、そんな考えを起こしそうな人間ではない。だが、父親の基章の方は分からない。

「まあ、前関白ご自身が身に覚えはあっても、実の娘かどうか、本心では疑ってるんでしょうな。だから、使用人たちもお姫さんを軽んじている」

「じゃあ、いじめられたりしてるのかな」

「まあ、暮らしている所なんかは、女房と同じ扱いみたいでしたな」

「ふうん、でも、この事は章子には言わない方がいいんだろうな」

清盛はもう何の抵抗もなく、章子を呼び捨てにして言った。陳はおやという表情を見せたが、

「そりゃあ、心配するでしょうし……。それに、お姫さんが姉君には黙っていてほしいと——」

清盛の質問にだけ答えた。

「そうか。妹思いの姉と、姉思いの妹なんだな」

「そりゃあ、もう――」

感動さえ覚えている様子で、陳が言った。

「で、お姫さんを見たんだろう。どんな姫君だった」

「見れば分かります。きっと息を呑まれるでしょうよ」

陳はめずらしく、清盛をからかうような眼差を向けて言った。


日はもうすっかり暮れて、空にはほっそりとした上弦の月が浮かんでいる。人目についてはならぬ対面だったから、松明などは用意されていない。だが、月明かりがうっすらと、懐かしい姉妹の再会を映し出していた。

「沙耶……」

章子は妹の無事な姿を見るなり涙ぐんでいる。沙耶の方もお姉さまと呼ぶなり、章子にしがみついて泣き出した。

だから、清盛が沙耶の顔をまともに見たのは、ほんの一瞬だった。それでも、その印象は陳の言葉通り、強烈に残った。

（摂関家の姫君なんて、身近に見るのは初めてだけど……）

清盛は、姉の腕の中で泣いている少女から眼を離せなかった。

まるで物語の中から抜け出してきた少女のようだ。さながら、かぐや姫か、『源氏物語』の若紫とでもいったような——。

清盛は顔を伏せ続ける沙耶に眼を向けたまま、何とかしてもう一度、その顔を見たいと、熱に浮かされたように思っていた。自分よりもずっと長く、沙耶の顔を見ていたはずの栖庫裏が、小面憎く思えるほどだ。

先ほどまで一緒にいて、沙耶よりも親しく語り合ってきた章子の顔は、ほとんどおぼろげにさえなってしまった。

そうして清盛がぼうっとしている間に、章子と沙耶の姉妹は再会の言葉を交わし、互いの今の暮らしぶりなどを語り合い、ようやく少し落ち着いてきたようであった。

章子が清盛のことを話したのだろう、沙耶の眼が突然、清盛の方へ向けられた。

その大きく見開いた瞳には、驚愕の色があった。

「あなたが左兵衛佐さまですか」

涙に濡れた瞳が、星のように輝いている。

「あ、ああ、そうだが……」

清盛はいささかどぎまぎしながらうなずいた。

「わたくし、あなたさまのことを、義親殿から聞いておりました」

「えっ、義親！」

思わぬ言葉に、清盛は顔を強張らせた。

「はい。この鴨院には、源義親という方がおられるのです」

「どうして、義親が俺のことを……」

「くわしくは存じませんが、義親殿は左兵衛佐さまにお会いしたがっているようでございました」

そうは言うものの、沙耶は清盛を義親に引き合わせようとは言い出さなかった。立場上、難しいのだろう。

「もしかしたら、いずれ消息（連絡）を差し上げるかもしれません」

沙耶はそれだけ言って、清盛から眼をそらし、再び章子との会話に戻った。もう時間が迫っているらしく、二人は別れを惜しんでいる。

（どうして、義親が俺のことを知っているのか）

しかも、会いたがっているとはどういうことか。

清盛にはまるで見当がつかなかった。

四

沙耶が邸の奥へ戻って行くのを見送って、章子と侍女も自宅へ帰って行った。すっかり遅くなったので送って行くと、清盛は言ったが、平気だと言われたので、章子らともそこで別れた。

「結局、義親に会うことはできませんでしたな」

陳が言うのへ、あいまいにうなずきながらも、清盛の頭の中は先ほど聞いた沙耶の言葉でいっぱいだった。

「まあ、義親の方が若のことを知ってるみたいですから、あのお姫さんの言ってた消息とやらを、待ってみるのがいいんじゃないでしょうかね」

清盛の内心を察したように、陳が続けて言う。

「そうだな」

清盛は何となく立ち去りがたい思いで、もう一度、鴨院の築地を見上げた。

「なあ、若。今夜はもう帰って、酒でも飲みましょうや」

栖庫裏が身を震わせて言う。確かに、二月の夜はまだ肌寒い。

「ああ、壺屋へ戻ろう」

清盛は気を取り直したように言って、築地に背を向けた。その時、

「待て」

南の方から大きな鋭い声が聞こえた。

「おぬしら、何者か」

誰何の声には初めから、咎め立てするような響きがある。

清盛は声のする方に、躯を向けた。影は一つである。上背はあるが、男にしてはほっそりとした姿が、こちらに向かって歩いてくるところであった。

相手はどうやら太刀を持っているようだ。その手が太刀の柄にかかっているのを見てとって、清盛は警戒の姿勢を取った。

「そちらこそ何者か。見たところ、検非違使のようではないが……」

相手は、清盛の姿がはっきりと見えるところまで来るや、少し虚を衝かれたような表情を見せた。

清盛の若さが意外だったのかもしれない。

「いかにも。私は検非違使ではない。だが、鴨院の辺りをうろつく者を取り締まる権限はある」

「では、鴨院にお仕えする者か」

「鴨院にというわけではないが……」

男はそれ以上、自分の素性について語ろうとはせず、まじまじと清盛を見つめた。目の前に立つと、相手の男の背の高さは際立って見えたが、清盛は少しも動じた様子は見せなかった。

「おぬし、それなりの家の者であろう。何ゆえ、粗末な身なりをして、ならず者と一緒にいる」

男は鋭い眼を向けて問うた。いかにも武士と思えるような、いかつい顔をしている。

「役所に出向こうってわけじゃないんだ。身なりなんて、どうだってかまわないだろう」

清盛は悪びれぬ様子で言い返した。

「まあ、それはその通りだが……」

男は清盛の言葉に少し苦笑を浮かべた。その後、急に表情を改めると、

「私は、摂関家の大殿にお仕えする武士、源為義《ためよし》という者だ」

眼つきの鋭い武士は自ら先に名乗った。

為義といえば、河内源氏の棟梁である。義親の実の息子だ。

これには、清盛の方が驚愕した。だが、その思いは表情に出すだけにとどめ、

「俺、いや、私は備前守平忠盛の子、清盛だ」

清盛は自ら名乗った。

「おお、平家のご嫡子か」

納得した様子で、為義はうなずいてみせた。伊勢平氏と並ぶ武士団、河内源氏の棟梁が父忠盛と同じ齢であることを、清盛は知っていた。だが、いかつくて分別くさい顔つきのせいか、父よりも年長に見える。

「私は、ただここを通っていただけだ。もちろん、源義親とやらを名乗る男が、ここにいると聞いて、好奇心に駆られたのは認めるが……。為義殿はそれをとがめられるのか」

「いや、別に……」

清盛の気負いが勝った物言いに、為義は再び苦笑を浮かべた。

「私とて、大殿のご命令を受けて、鴨院の警備をしていたわけではない。無論、怪しい者がいれば、取り締まるが……。私がここにいたのは、まあ、清盛殿と同じ好奇心やもしれぬな」

「じゃあ、義親に会おうとして――」

「いや、それはちと違う」

為義は少し考えるふうに首を傾げてから、ゆっくりとした物言いで続けた。

「知っているだろうが、義親は我が実の父。されど、逆賊として討たれた源氏の恥さらし者じゃ。私はあの男を父とは思っておらぬ。あの男は清盛殿の祖父君に討たれたのじゃ」

「為義殿は……その事で、私の祖父を怨んでおられるのか」

「まさか」

為義はいささか大げさとも見える仕草で、きっぱりと首を横に振った。

「朝廷の臣下たる者、逆賊を討てとの命が下れば、それに従うのは道理。正盛公はその役目を果たされただけじゃ」

「ならば、為義殿はこの鴨院にかくまわれている義親は、偽者だと思っておられるはず。なのに、何ゆえ、鴨院の義親を気にかけておられるのか」

いつの間にか、清盛の方が詰問口調になっている。それが、平氏と並ぶ武家の棟梁に対する幼い虚栄であることなど、為義にはとうに分かっているのかもしれない。清盛を見下ろす為義の眼差は、いつしか和らいでいた。

「これじゃ」

為義は懐から、片手に余るほどの細長いものを取り出し、清盛に差し出した。清盛は躊躇いながらも、それを両手で受け取った。

「これは、短剣の鞘のようですが……」

不思議なことに、刀は差さっていなかった。だが、思った以上に、それはずしりと重かった。

彫られているのは河内源氏の家紋、桔梗のようだ。月の光の下で、鞘は銀色に輝いて見えた。

「私の叔父で、養父でもある義忠殿が殺された時、近くに落ちていた鞘と聞いている」

清盛ははっと顔を上げて、為義を見つめた。少し背けるようにした為義の横顔には、翳ができていた。

「私は、見たことがあるのだ。これと似た短剣を、義親が持っていたのを——」

「ええっ！」

「義忠殿を殺した真の咎人は、分かっておらぬ。名前の挙がった者は幾人もいたが……」

「為義殿は、まさか、この鞘の持ち主が咎人だと——」

「私は、義忠殿を我が父と思うておる。だから、万一にも義忠殿を殺したのが、この鴨院の義親ならば、父の仇を我が手で討ち果たしたいと思うだけじゃ」

「為義殿……」

この人は、本当はただ父親に会いたいだけではないのかと、清盛はふと思った。義親を呼び捨てにする物言いには、作為が感じられる。

月から背けるようにした為義の横顔は、あまりに寂しげだった。

為義は清盛に視線を戻すと、もう何も言おうとはせず、その掌から銀の鞘を取って、再び懐にしまいこんだ。

「では――」

余計なことをしゃべりすぎたと思うのか、言葉短く挨拶して去って行くその後ろ姿に、清盛はかける言葉をなくしていた。

（それでも、為義殿、あなたはいい。あなたは実の父親が誰なのか、しかと分かっておられる）

もし言いたい言葉があるとすれば、それなのかもしれなかった。

義親を名乗る男

一

　鴨院へ出かけた日から数日の間、清盛は壺屋へ出かけることもなく、六波羅の曹司にこもっていた。武術修練のため、馬を駆ることも弓矢を射ることもない。沙耶と源為義との出会い、そして、義親を名乗る男のことが脳裡を占めて、他のことが考えられなくなっていた。

（あの沙耶っていうお姫さまは、俺と似ているのかもな）

　父親が誰だかはっきりしない。母親には身分の高くない夫がいたが、前関白という身分の高い男に愛されて、子を産んだ。

（沙耶は鴨院に引き取られるまで、高階の家にいたと、章子が言ってたな。ということは、高階基章という人を父親のように思って暮らしていたんだろう。今の俺と同じように――）

　沙耶は高階基章をどう思っているのだろう。そして、自分の父親ということになっている藤原忠実をどう思っているのだろう。

成長してから、この人が父親だと言われても、なかなかそう思うことはできないはずだ。清盛とて、白河院が実の父親で、引き取ってくれたとしても、父親だなどと思うことはできないだろう。

(だったら、俺の父親はやっぱり平家の父上だけだ、ということになる)

だが、隠されている真実があるのなら、それを知りたい。できれば、忠盛自身の口から聞きたい。

(そうすれば、俺だって、弟と同じように、もっと父上に心を開ける……)

同じ邸で暮らす弟の次郎は、屈託なく忠盛に甘えられる。傍らには、母の宗子もいる。三人のくつろいだ様子を見るたびに、清盛は思わずにはいられなかった。

自分一人があの輪の中に入れない、と――。

何気なく懐に手をやったその時、清盛の手に触れるものがあった。

亡き母の形見の抜丸だった。清盛はそれを取り出し、榊の彫られた黄金作りの鞘をじっと見つめた。

(母上！　俺の本当の父親とは、一体どなたなのですか！)

だが、亡き母の面影は白い霧の中に包まれているようで、はっきりとした形は結ばなかった。

（祇園女御さまにお訊きしても、はぐらかされたしな）

私の真の父親をご存じではありませんか――ある日、率直に問いかけた清盛に、女御は顔色一つ変えず、さらりと言った。

「さて、そなたの亡き母は龍の子を妊《みごも》ったと申していましたが……。漢の始祖劉邦《りゅうほう》の母君のようにな」

まるで、前もって用意していたような答えではないか。

清盛は憮然として女御の許を去った。

以来、女御の許には挨拶に行っていない。

「若君っ！」

その時、甲高い少年の声と、渡殿を駆けてくる足音が、清盛の物思いを打ち破った。

「貞能《さだよし》か。うるさいぞ」

清盛は億劫そうに躯を起こしながら、振り返った。同時に、貞能が曹司の戸を開けて入ってきた。

清盛を育ててくれた乳母辰子の子で、主従というより兄弟のような間柄だ。

「若君にお文が届きました」

貞能は昂奮気味に言った。見れば、頬を紅潮させている。

「文くらい届くだろう。何を慌てているんだ」

清盛は何の気なしに手を差し出しながら言った。だが、それを聞くと、貞能は不服そうに唇をとがらせ、手にしていた文をすぐに清盛に渡そうとはしなかった。

「ただのお文じゃありません。身なりを整え、姿勢を正してお受け取りになるべきです」

「何をもったいぶっているんだ。祇園女御さまからのお文なのか」

貞能は大きく首を横に振った。

「摂関家の大殿の姫君より、お文が参っているのです」

貞能は大きく息を吸いこんでから、一気に言った。

「何だって！」

清盛は貞能からひったくるようにして文を受け取った。

大殿の姫君といえば、沙耶のことしか考えられない。あの時、いずれ消息をよこすようなことを言っていたが……。

「摂関家の姫君が若君にお文をよこされるなんて、一体どういうご縁なのですか。まさか、どこかで若君を見初められたとか」

「物語の読みすぎなんじゃないのか。そんな話があるものか」

貞能の言葉を一蹴しながらも、清盛の心はひそかに高揚していた。物語のような出会いとは言いかねたが、あの時、沙耶が清盛に好感を持ったという展開とて、あり得ないわけではない。

「まあ、そうですよね。摂関家の姫君といえば、帝のお妃になるお方。いくら若君でも、手の届くお人じゃありませんよねえ」

清盛の内心も知らぬ貞能は、一人で勝手にしゃべり納得している。

清盛は文を開いた。横から、貞能が勝手にのぞきこんでくる。

「明後日、鴨院にて、流鏑馬拝見いたしたく……。未《ひつじ》の刻、当家へお越しくださるよう――」

それだけだった。

「すごいですね。若君の流鏑馬の腕前が、摂関家の姫君のお耳にまで入っているなんて……」

貞能は素直に感心していたが、それはあるまい。

流鏑馬は口実に過ぎないのだ。

(義親が俺を呼んでいる)

沙耶に対する清盛のほのかな想いも、消し飛んでしまった。

「それにしても、妙な姫君ですね。流鏑馬にご関心をお持ちだなんて……」

貞能が横でぶつぶつ呟いている。

「おかしな姫君なのさ。下々のことに関心があるんだろうよ」

「えっ、若君はこの姫君をすでにご存知なのですか」

貞能が身を乗り出すようにして尋ねた。

「それより、鴨院へ伺う仕度をしろよ。お前だって、供をするんだろう」

「は、はい。もちろんですとも」

貞能は飛蝗《ばった》のように跳ね上がると、曹司を飛び出して行った。


流鏑馬は武芸の中でも、最も高度な技量が要求される。馬術や弓矢の腕前だけではない。

馬上で弓を引き絞るだけの肩と腕の力、躯の均衡を保つ足腰の力――それらが鍛えられていなければ、的に当てるどころか、矢を放つのも無理である。

清盛は幼い頃より、弓矢が得意だった。躯の大きさに合わせた弓矢を引くので、まだ強弓は扱えないが、腕前はいい。だから、元服後は流鏑馬の訓練もするようになっていたし、今も十の矢を射れば、半分以上は的に当てる自信はある。

そうした清盛の腕前は、平家一門の中では知られていたが、まだ世間の評判になるほどではない。鴨院で行われた流鏑馬の会は、清盛の出場をうながすものではなかった。清盛は観客として呼ばれたのである。

この日、清盛と貞能は沙耶に案内されて、寝殿の廂《ひさし》に連れて行かれた。廂は屋内の一番端の部分で、通常は従者たちの控えとして使われており、かなりの広さがある。庭先で催しが行われる時には、ここに御簾《みす》などを垂らして見物した。

沙耶が案内した場所には、すでに五、六人ばかりの女たちがいて、御簾の外を見ながら、さかんにささやき声を交わしている。

（この邸の女房たちだろう）

沙耶は彼女たちの脇に腰を下ろした。清盛らには、御簾の外へ出てもいいと言う。

（やはり、沙耶が女房のような扱いをされているという陳の言葉は、本当だったな）

清盛は思った。

この日、沙耶は表が白、裏が紅という桜襲《さくらがさね》の小袿《こうちぎ》を着ていた。春の装いとしてめずらしくもないものだが、清盛の眼には沙耶が桜の精のように見える。

その場にいた女たちは、沙耶が姿を見せると、声をかけようとはせず、清盛らと沙耶とを見比べて、何かささやいているようであった。扇で口許を隠しているので、はっきりしたことは聞こえないが、時折、漏れる笑い声に底意地の悪さが感じられる。

「あの、俺、いや、私も試合に出てもよいでしょうか」

清盛は沙耶に向かって尋ねた。女房たちのひそひそ声が急にやんだ。

「それは、主催の者に尋ねていただかないと……」

沙耶は虚を衝かれた様子で言った。黒眼がちの瞳が驚いたように見開かれている。

「では、そうさせていただきます」

清盛は言い、その場には腰も下ろさずに、踵を返した。立ち去り際、

「私を招いてくださった方のため、矢を射ることにいたしましょう」

一言だけ、廂の間に響き渡るような声で言った。

二

鴨院の寝殿前の庭には、流鏑馬の会場が設置されている。馬が十頭ほど用意され、いずれもよく手入れされたものばかりである。

弓矢は大小取り混ぜて、何種類も用意されており、出場する武士たちは自分に合ったものをそこから取るように言われていた。

「若君、まことによいのですか。出場されて――」

出番を待つ控えの場所まで来て、貞能はなおも躊躇うように言う。

「何を言うんだ。お前だって、流鏑馬に出るために呼ばれたと思っていたくせに」

清盛はすでに狩衣の袖を紐でくくり、弓矢を手にしている。

これより前、出場の意志を主催者に伝え、許可を得ていた。

身分を名乗ると驚かれたのは、代々、摂関家は河内源氏との縁が深く、伊勢平氏の

者が出入りすることはなかったからだろう。

「そりゃ、そうですけど……。見物のために招かれたのなら、それでいいじゃないですか。失敗したら、若君というか、平家の恥になるんですし」

「俺は失敗したりしないよ」

清盛は憤然として言い返した。

もちろん、百発百中の腕前ではない。せいぜいが半分ほどしか的に当てられないのに、愚かな勝負に乗り出したのではないか。清盛の胸中に、そうした不安がなかったわけではない。

「じゃあ、あんな女たちの席で、ただ流鏑馬を見ていろっていうのか」

「まあ、あれには閉口しましたけれどね」

貞能はうなずいた後で、何か言いたそうな表情を見せた。

沙耶が本当に摂関家の娘なのかどうか、疑問に思っているに違いない。それを封じるように、

「それより、この流鏑馬に源義親が出ているかどうか、分からないかな」

先に清盛は言った。

「聞いてまいりましょう」

「ついでに、源為義殿が出場されるかどうかも、訊いてみてくれ。あの方は大殿にお

仕えしているという話だから――」

貞能はただちに情報を仕入れて、清盛の傍へ戻ってきた。

それによれば、源義親なる者も為義も出場しないということだった。今回の流鏑馬は大殿忠実の主催によるものではなく、義親の提案で鴨院の家令が仕切っているものらしく、摂関家の人間は関わっていないらしい。

「だが、提案したなら、義親はどこかにいるということだな」

清盛は寝殿の方に目を向けた。御簾の垂れている辺りに、沙耶がいる。御簾を下ろしていない場所には男たちの姿もちらほらあった。建物の外、階《きざはし》の周辺には、下働きらしい男女の姿も見える。召使たちの見物も許されているのだろう。

その中に、義親らしい男の姿は見られなかった。

「義親とやらが本物なら、弓矢の名人のはずですが……。しかし、もう老人でしょうからねえ」

貞能がのんきな呟きを漏らした時、

「騎乗して、出る準備をしてください」

と、下仕えらしい男が清盛に知らせに来た。

「分かった」

いよいよ出番である。

清盛は前もって選んでおいた鹿毛の馬を引き出してもらい、それにまたがった。

清盛は飛び入りなので、出場予定の武士たち十人の後、出場する。さすがに的を外す者はいなかった。

だが、真ん中の星に当たった者もいない。

時折、見物席からわあっという声が上がっていたのは、星の近くを矢がかすった時であった。

清盛が出場する機会は一度だけである。

（この一矢に賭けるしかないんだ）

鹿毛にまたがり、鐙《あぶみ》を乗せた足の太ももを引き締めた。手綱を握るわけにはいかないので、躯の均衡は足の力に頼るしかない。

乗り慣れた馬ならばともかく、初めて乗る馬で流鏑馬をするのは至難の業であった。

（それでも、俺はやると決めた）

沙耶が見ている。そして、義親もどこかで見ている。

的の真ん中に当てることはできなくとも、無様な姿をさらすわけにはいかない。

「はあっ！」

気合と共に、馬の腹を蹴った。

馬が走り出す。清盛は躯を捻じ曲げ、的のある方を向いた。

景色がめまぐるしく移り変わる。風が頬を切る。

思った以上に、馬脚が速い。的までの景色はよく覚えておいたつもりだが、ほとんど何も見えなかった。柄にもなく緊張しているようだ。

(まずいな)

清盛は眼を閉じた。

一瞬後、眼を開けた。

今度は、景色が見えた。庭に植えられた木立が見える。的に近い。

慌てて弓を引き絞った。動かぬ的であれば、当てられないわけがない。

「やあっ!」

思わず掛け声が出た。

引き絞られた弓から、矢が飛び出してゆく。的に当たったかどうか確かめる間もなく、馬と一体になった清盛はその場を駆け抜けていった。

「わああっ!」

歓声が沸いた。

結果を知ったのは、馬を止め、その鬣《たてがみ》を撫ぜながらなだめている時であった。

「やりましたよ、若君!」

跳びつくように、貞能が駆け寄ってきた。

「星に命中です！」

貞能は清盛の足に抱きつくようにしながら、昂奮して叫んでいる。

（命中、だって！）

清盛はぼんやりとその言葉を聞いていた。自分でも、信じられない思いであった。

（まるで博打だな）

そんなふうに思った。

だが、博打は勝てばいいのだ。清盛にサイコロふりを教えてくれた隠岐爺はそう言った。

そして、自分は勝った。

義親も見ていただろう。この後、義親と顔を合わせる時、優位に立てそうな気がする。

そんなことを思った時、清盛はふと、誰かの視線を感じた。左後方を振り返ると、やはりじっと自分を見つめる二つの鋭い眼があった。

「お前は……」

清盛は一瞬、馬上で凍りついた。だが、その男がこちらへ向かって歩き出すのを見るなり、

「隠岐爺じゃないか！」

と叫んでいた。だが、言葉はそれ以上、何も出てこなかった。

三

八年ぶりの再会だった。

目の前にあるのは、見覚えのある隠岐爺の顔に他ならなかった。

太い眉はこの七年の間に白くなっていたし、額の皺も寄っていたが、その鋭い眼光も薄い唇もまぎれもなく隠岐爺であった。

「わしを覚えておったか、若よ」

鴨院の雑舎の一室で、二人は対面していた。他に人はいない。

貞能は先に六波羅へ帰したし、沙耶も同席しなかった。

窓はあるのだろうが、戸が立てられており、外の明かりは一切入っていない。灯台が一つだけ点されており、隠岐爺の懐かしい顔を映し出していた。

「隠岐爺が……義親だったんだな」

清盛は隠岐爺の言葉には返事をせず、ただ一つ、どうしても確かめねばならぬことだけを訊いた。

隠岐爺との再会は思いもかけぬことであったが、隠岐爺が義親と考えれば、すべてが納得できる。義親が清盛を知っていたのも、会いたがっていたという話も――。

よく考えてみれば、義親と隠岐は関わりがある。義親は出雲国で討たれる前、隠岐に流されていた時期があった。隠岐爺という呼び名はそれに由来したものだろう。

「隠岐爺は、本物の義親なのか。俺の祖父君が討ったっていう奴は偽者で、本物の義親は生き延びて隠岐爺と名乗っていたのか」

「そうだ」

隠岐爺はもはや何も隠そうとはせず、しわがれた声でおもむろに言った。

清盛は躯がかっと熱くなった。

時がものすごい勢いで逆戻りし、どこかから、あの懐かしい潮騒の音が聴こえてくるような錯覚がする。

「占い師の予言を覚えているか」

清盛の動揺などものともせず、隠岐爺は低い声で続けた。

操られたように、清盛はこくりとうなずいていた。

「北天の王のさだめ、蒼龍の子の玉座――」

かすれた隠岐爺の声は、どこかうっとりとした響きを帯びていた。

「王になれ、清盛よ。お前はそうなるさだめの子じゃ」

隠岐爺はかっと眼を見開くと、重々しい声で告げた。

「わしはそれだけを言いにきたのじゃ。王となって、この国の頂点に立て」

「隠岐爺は……俺に、反逆者になれというのか」

清盛の声は覚えず震えていた。

目の前の男が本物の義親ならば、この男は逆賊なのであった。朝廷に逆らい、この国に居場所を失くしたはずの男――。

一体、何を求めて反逆の烽火《のろし》を揚げたのだろう。清盛にはその考えがさっぱり分からない。

今、隠岐爺が口にしたように、王になろうとしたのだろうか。

「反逆者になれなどとは言っておらん。王になれと言ったのだ」

「王っていうのは帝のことだ。天皇になれというのも同じことじゃないか。一体、どこの誰が天皇になれるって言うんだ」

「なれるとも。お前ならな」

「何言ってるんだ。俺がどうして！」

「お前の父親は白河院ではないか。白河院の御子であった堀河の帝は、天皇じゃ。今の帝（崇徳）とて、実は白河院の御子ではないか。お前が帝になれぬ道理はない」

隠岐爺は揺らぐことのない信念を秘めているようだった。

灯台の炎がその顔をどこか不気味に見せていた。

「俺だって、白河院が実の父親じゃないかって、言われてることは知ってるさ。だけど、そんなの、真実は分からないだろう」

「分かるさ。お前は確かに白河院の御子じゃ」

隠岐爺の表情に揺らぎはない。それを崩すのは容易なことではなさそうだった。

「仮にそうだとしても、臣下の家で育った俺を、一体、誰が帝として認めてくれる。他に皇子がいないわけじゃなし……」

「お前はこの国の朝廷が、ずっと今のまま続いてゆくと思っておるのか。あるいは、過去に朝廷が危機に陥ったことなど、一度もなかったと信じておるのか」

隠岐爺はむしろ不思議なものでも見るように、清盛を見つめていた。

「平将門《まさかど》公を知っておるじゃろう。藤原純友《すみとも》公も――」

「奴らは反逆者じゃないか」

清盛は口をとがらせて言った。

「敗れたからそう言われるだけじゃ。仮に彼らが勝っていたら、今の帝は彼らの子孫だったはずじゃ」

平将門は坂東で、東の天皇を名乗り、自ら新皇《しんのう》と称した。だが、朝廷から派遣された平貞盛《さだもり》と藤原秀郷《ひでさと》の軍に敗れ、殺されている。

清盛の家系はその貞盛の子孫だったから、平家の身内では、将門は極悪の反逆者とされていた。

　藤原純友は将門と同じ頃、瀬戸内海の海賊たちを率いて、一大勢力を築き上げた。だが、これも所詮は地方豪族の叛乱に過ぎない。

　やはり都から派遣された小野好古《よしふる》の船団との海戦に敗れて、捕らわれた上、獄死している。

「そんな事を言ったって、敗れたのは事実じゃないか。この先、誰かが同じことを試みたって、将門や純友と同じ末路をたどるだけさ」

　源義親だって同じじゃないか——と言いたかったが、さすがにそこまでは口にしかねた。

　だが、清盛の反抗的な物言いに、その内心を察したのか、

「失敗は改めればよいだけのことじゃ」

　あっさりと、隠岐爺は言った。

「将門公の失敗は、そもそも挙兵の起こりが、身内同士の土地争いに根ざしていたことじゃ。将門公には国を興すという意識が欠けていた。純友公もしかりじゃ。新しき国を興すのならば、古い体制を壊さねばならぬ。そのためには、都の朝廷を倒し、新しい王となる者が必要なのじゃ」

「どうして、それが俺になるんだ」

「言ったじゃろう。白河院の御子だからじゃ。それに、今の帝には倒すべき理由がある」

「何だって――」

「今の帝は鳥羽上皇の御子として即位なさったが、本当は白河院の御子じゃ。無論、白河院の御子であっても、皇位に就く資格はあるが、民を偽った事実は許されまい」

「まさか、隠岐爺はそれを盾に、今の帝を廃し、俺に皇位に就けとでも言うのか」

清盛は口にしてしまった後で、自分がとんでもないことを口走ったことに気づいた。口にするだけで、反逆罪に問われかねないようなことだ。

「今の帝の跡を継ぐ必要はあるまい。新しい王となればよい」

隠岐爺の口ぶりに悪びれたところはない。

清盛は大きな溜息を吐き出した。

「途方もない話だ。俺には隠岐爺が狂ってるとしか思えないよ」

「まあ、そう言うのも不思議はない」

隠岐爺はがっかりした様子も見せずに言った後、

「お前に会わせたい者がおる」

と、続けて言った。その表情は少しばかり強張っていた。

「誰だよ、会わせたい奴って――」

「ここにはおらん。遠くない場所だから、付いて来てくれ」

隠岐爺はそう言うなり、立ち上がると、紙燭《しそく》に火を移して、灯台の炎を吹き消した。紙燭を持って行かれてしまえば、室内は真っ暗になる。

「おい、待ってくれよ。今から行こうっていうのかい」

だが、隠岐爺は返事もせず、戸の方へすたすたと歩いて行く。仕方なく、清盛は慌てて後を追った。

四

隠岐爺の目指す場所は、右京の九条にあるということだった。三条の鴨院からは少し距離がある。二人は馬でそこへ向かった。

沙耶に挨拶できないことが心残りだったが、それを言い出すこともできない。今の隠岐爺の張り詰めた横顔には、何か一つのことにだけ心をとらわれてしまったような余裕のなさがうかがえた。

未の刻から始まった流鏑馬が終わったのは、申《さる》の刻も半ばを過ぎた頃で、隠岐爺の暮らす雑舎を出た頃にはもう、酉《とり》の刻になっていた。

春も半ばを過ぎた季節のことで、まだ外は明るかったが、九条に到着した頃にはすでに日も落ちていた。

「ここがどこか分かるか」

隠岐爺が馬を止めたのは、鳥居の前であった。神社であることは分かるが、何の神を祀《まつ》っているのか、外からでは分からない。

「知らない場所だ」

隠岐爺の横で、杉の大木に馬をつなぎながら、清盛は首を横に振った。

「ここは、妙見神社だ」

「ああ、北辰《ほくしん》さまを祀っているのか」

清盛は納得してうなずいた。

妙見大菩薩は北極星の神格化したもので、北辰さまとも呼ばれている。動かぬ星であることから、船乗りたちの守護神でもあった。

（北天の星か……）

一瞬、清盛は隠岐爺と共に聞いた予言のことを思い出した。

隠岐爺がこれほど自分にこだわるのも、あの予言を信じているからだろうかとも思った。

「ここで、賭場が開かれる」

「賭場だって！」

清盛は驚いたが、役人の目をくらませることができる神社仏閣では、賭場の行われることが多かった。

「そこに、会わせたいって奴がいるのか」

「いや、会わせたいのはその賭場を仕切っている者だ。今は賭場ではなく、別の場所にいる」

隠岐爺はどうやら、その者と待ち合わせをしていたらしい。とすると、清盛を連れてくることも、双方承知の上か。

隠岐爺は薄暗い参道を、物慣れているふうに進んで行った。社殿まで達しても、神に祈ろうとはせず、社務所を含む建物の立ち並ぶ方へさらに行く。

いくつかある建物の一つで賭場が開かれているのだろうが、外からは分からない。胴元の方で身許を調べ、許可した者しか遊べないのだろう。

隠岐爺が向かったのは、社務所の裏手にある茅葺《かやぶ》きの建物であった。

「わしだ」

隠岐爺は古びたその戸を、二度ばかり拳で力任せに叩いた。よほど親しいのか、名を名乗らなくとも、戸は中から開けられた。

「入るぞ」

隠岐爺はぞんざいに言って、さっさと中へ入った。清盛は少し躊躇ったが、後に続いた。

中は、灯台の火が五つ以上も点っていて、まぶしいほどであった。清盛は少し眼をしばたたいた。

奥に、一人の男が座っている。今は、ほとんど使われなくなった唐渡りの椅子に腰を下ろし、さまざまな色の交じった袖のない上着を着ていた。年齢は四十代くらいかと思われるが、派手な格好のせいで、もう少し若く見える。髪は結い上げてはおらず、長い髪を後ろで軽く結わえているだけであった。

（何だか、極彩色の……孔雀とかいう鳥みたいだな）

清盛はそんなことを思いながら、目の前の不思議な男を観察していた。

「その者が、隠岐爺の自慢する勝負手《しょうぶて》か」

男は清盛と挨拶を交わすつもりはないらしい。

その建物はそれほど広くもなかったが、男の座る椅子の他には、何一つ調度が置かれていなかった。そのだだっ広い室内に、男の荒《さ》びた声がよく響いた。

「そうだ」

「平忠盛の息子とか」

「そういうことになっているだけだ」

憮然として、隠岐爺が言い返す。男は声を立てて笑い出した。

「そうだった。白河院の皇子さまだったな」

莫迦《ばか》にしたような物言いが、清盛の癇に障った。だが、名も知らぬ男に対しては何も言い返さなかった。

「無礼を働くのなら帰るぞ。お前が会いたいというから、連れてきたんだ」

隠岐爺が声を荒らげて言った。

「悪かった。無礼を働こうというつもりはない。俺たちがお仕えするお方なんだからな」

「何だよ。お仕えするってのは――」

清盛はついに黙っていられなくなって、二人の会話に割って入った。

男はどうやらそれを待っていたらしく、満足そうににやりと笑って見せた。極悪そうな冷たい笑いだった。

「申し遅れた。自分の名は源智《げんち》という。近江で僧侶をしていたが、いろいろあって、海賊となった」

「海賊だって」

清盛の驚愕ぶりに満足したように、源智はゆっくりとうなずいて続ける。

「隠岐爺とは海で知り合った。すぐに意気投合したというわけだ。何せ、隠岐爺ほど大きな志を持っている奴は、広い海にもいない。だが、自分にも隠岐爺にも無いものがある。それが分かるか」

「人を従わせるだけの血筋のよさというやつか」

清盛が答えると、源智はちらりと隠岐爺に目を向け、満足そうにうなずいてみせた。

「おうよ、貴種の血だ。自分でも、藤原純友公くらいにはなれるかもしれんが、帝になり代わることはできん。朝廷に反旗を翻して戦うだけの理由が持てん」

「それを俺にやらせようって言うのかい」

清盛は源智を睨み返した。だが、源智の余裕のある表情に揺らぎはなかった。

「対等の口を利いた無礼は、後にお前が自分らの頭領になると決まった時、確かに謝罪させていただこう。だが、そうならなければ——」

「俺はお前たちの敵というわけか」

「まあ、そういうことだな。平家一門は海賊たちの泣き所だからねえ」

確かに、正盛が義親を討伐して以来、西国の海賊討伐は平家一門に任されている。

源智は平家の跡継ぎである清盛を、自分たちの味方に取り込むことで、平家の力を殺《そ》ぎ、あわよくば天下を狙おうというのか。

（いや、この男にそんな野心はない）

源智の望みとは、せいぜい海賊として好き放題にやりたいだけだ。朝廷がそれを取り締まらないでいてくれれば、それに越したことはなく、朝廷を倒したいとは思っていない。その源智が隠岐爺と手を組んだのは、そこに平家の跡継ぎの名が出てきたからではないか。

「隠岐爺はこいつに利用されているんだっ！」

清盛は源智を指差し、隠岐爺を見つめて鋭く言った。この悪党が、妙見神社を賭場の隠れ蓑にしているのも、なぜか許せない気がした。

最後にもう一度、清盛は源智を睨みつけると、そのまま踵を返して戸口へ向かった。戸口に源智の部下らしい若者がいたが、顔を見ることもなかった。

奥から、源智のものらしい笑い声が高らかに響いてきたが、清盛は振り返ることもしなかった。

「隠岐爺の言う通り、器量のあることは認めるよ」

清盛が出て行った後、源智は隠岐爺に言った。その顔にはもう、笑いは浮かんでいない。

「お前たちの頭領として認めるか」

「あの若さんがいいと言うならね」

からかうような声で言った後、源智は真剣な眼つきになった。

「だが、忘れるなよ。大器であるということは、味方にならない限り、生かしておけない存在なんだということを――」

「分かってる」

隠岐爺は憮然と言い返した。

「あいつが自分らの味方にならなければ、手は打ってくれるんだろうね。あいつが成長して、海賊討伐の先頭に立ったりしたら、忠盛より厄介だろうよ」

「必ず、お前たちの味方にしてみせる」

「さあ、どうだかねえ。あの若さんはずいぶん頑固そうだったが……」

「わしには、あいつを従わせる勝負手があるんだ」

「また、勝負手かい。隠岐爺の博打の腕前は承知しているけどねえ」

源智は再び声を立てて笑った。

五

隠岐爺が外へ出てきた時、清盛は先に馬をつないだ鳥居の近くにいた。清盛が待っていたのはそれほど長い時間ではなかったが、その顔は不機嫌そうにゆがんでいる。

「隠岐爺は騙されているんだよ。あいつは本来なら、獄舎の中にいるべき人間じゃないか。どうして、すぐに検非違使に通報しないんだ」

「わしだって、本来なら獄舎にいるべき人間だ。なのに、お前はどうして通報しない？」

隠岐爺は静かな声で言い返した。

先日、鴨院で見た上弦の月は、今夜は満月になっていた。日暮れと共に昇ってきた丸い月が、神社の鳥居を華やかに照らし出している。

「海賊だから悪者だと、決めつけることはできん。彼らはもともと、上に立つ者たちから搾取され、苦しめられてきた民の成れの果てだ」

「そうだとしても！　朝廷に反逆するなんて、間違っている」

清盛は必死に言った。

「わしはお前に、ずっと反逆者のままでいろと言うのではない。新しい世を作り、虐げられた者たちを救ってほしいと言っているだけだ」

その言葉は清盛の胸にまっすぐ届いた。隠岐爺は真実を言っているに違いなかった。

「なあ、隠岐爺。どうして俺なんかにかまうんだ。確かに、俺は不思議な予言を受けたけどさ。隠岐爺にとって、俺は赤の他人じゃないか」

隠岐爺は不思議そうな眼差を、清盛に向けた。月に背を向けているためか、その顔はひどく暗く見えた。

「為義殿を知ってるだろう」

「ためよし……」

　隠岐爺は夢に浮かされたような声で呟いた。

「そうだ。隠岐爺が本物の義親なら、決して忘れてないはずだ。為義殿はこの前、鴨院の周辺をうろうろしてた。口ではいろいろ言ってたけれども、本当は父親が生きているかどうか、確かめたかったんだと思う。為義殿にも息子がいるんだろう。たぶん、俺と同じくらいの齢《とし》なんじゃないか」

　隠岐爺はつらそうに、黙って清盛から目をそらした。その眼差に追いすがるようにして、清盛は必死にしゃべり続けた。

「隠岐爺はその子たちに会ってやるべきなんじゃないのか。隠岐爺が夢を託すのは、為義殿やその息子たちだろう」

「わしは……源氏の家の者たちから憎まれている。それでいい。むしろ、憎んでくれた方が気も休まる」

「それでも、実の息子じゃないか。為義殿はきっと会いたいはずだ」

　隠岐爺は力なく首を横に振った。

「わしはもう決めたのだ。わしの夢を託すのは、わしの……」

　そこで顔を上げると、隠岐爺は再び清盛を見つめた。清盛が気圧されるような鋭い眼差だった。

「いや、白河院の血を引くお前だとな」

「だから、俺は本当に白河院の息子かどうか、分からないって、言ったじゃないか」

「いや、お前は白河院の子だ」

先ほどよりも断定的に、隠岐爺は言い切った。

「どうして、そんなことが隠岐爺に分かるのさ。本当に分かってるのは、俺の亡くなった母上だけだろうに……」

「分かるのさ。由比が……わしの娘が、平忠盛の子を産むはずがないからな」

「何だって！」

かすれた声が漏れた。清盛はそれ以上、何も言えなかった。

「由比は……いや、由比だけでなく、榊もわしの娘だ。母親はしがない海賊の娘だった。二人とは縁を切ったが、あれらはわしの消息を知りたくて、あるいは、敵を討ちたくて、平家に乗り込んだのだろう。榊の性格ならば、十分に考えられる」

隠岐爺の皺深い顔に、誇らしげな色が浮かんでいた。清盛はただ眼を大きく見開いたまま、それを見つめるばかりであった。

「正盛の息子なんぞに、わしの娘が心を許すはずがない。身は任せたろう。そんなことは何でもない。だが、子を産むはずがないのだ。仮に孕んだとしても、その子を堕ろすくらいの覚悟はあった」

「そ、それじゃあ……」

「お前はまぎれもなく白河院の皇子じゃ。そして、わしは由比の父。お前にとっては、祖父に当たる者なのじゃよ」

隠岐爺の視線に、それまでになかった熱いものが混ざりこんだ。だが、清盛にはまだそれを受け止めることができず、我知らず、視線をそらしてしまった。

隠岐爺はそれ以上の何かを求めることはなかったが、その口は堰を切ったように語り続けた。

「わしはお前の成人をずっと待ちわびていた。じゃが、こうして会えた。これも、抜丸のご加護であろう」

「抜丸！」

清盛は思わず叫んでいた。はっと、懐に手をやる。肌身離さず持ち歩いている剣の硬さは、確かに胸にあった。

「知っておるのじゃな。由比から受け継いだか」

「いや、父上から……」

「そうか。ま、あの男は由比の正体も知らんだろうからの」

忠盛を語る隠岐爺の言葉はそっけない。

「抜丸だけは手放してはならぬぞ。その代わり、小烏の太刀なんぞ、忠盛の息子にでもくれてやれ」

忠盛の息子——隠岐爺の口からその言葉が漏れた時、清盛はもう、自分がそれに値しないのだということを実感していた。弟にはそう呼ばれる資格がある。

忠盛の息子——ああ、それは何という響きなのだろう。

自分はそう呼ばれたかったのかもしれない——今になって、清盛はそう思っていた。

清盛は隠岐爺から眼をそらして、月に顔を向けた。

鮮やかな黄金の光と、それが照らし出す美しい世界の姿——。

清盛は耐えきれずに眼を閉じてしまった。明るく華やかな光の世界は、もう自分のものではない——そういう気がしていた。

(俺は……反逆者にさせられてしまうのか。このまま——)

いや、それは間違っている。

それだけはしてはならぬ、と思った。

「隠岐爺が俺を反逆者にしようっていうなら、俺は隠岐爺を祖父だなんて認めない！」

清盛はその思いをそのまま口にした。

そして、隠岐爺の言葉を待たず、馬の手綱をほどくと、素早くまたがって鞭をくれた。

(隠岐爺！　思い直してくれ——)

馬上で受ける夜風は、ひどく冷たかった。
六波羅の邸に到着するまで、隠岐爺の追いかけてくる気配はまったくなかった。

星に寄する恋

一

鴨院にかくまわれていた自称源義親が、何者かに殺害された。

清盛がそれを知ったのは、大治五（一一三〇）年十一月十四日の朝であった。

（あの隠岐爺がやられたっていうのか！）

その前夜、素性の知れぬ騎兵二十、歩兵五十ほどの軍勢が突然、鴨院に襲いかかり、自称義親を討ち果たしたという。

咎人はつかまっていない。

――隠岐爺が俺を反逆者にしようっていうなら、俺は隠岐爺を、祖父だなんて認めない。

突き放すように言った自分の言葉が、耳の奥で鳴っていた。

（隠岐爺が……本当に俺の祖父君だったんだとしたら――。俺は最後に、とんでもない不孝を働いてしまったことになる）

老いた祖父の最後の望みを斥けてしまった。

同じ断るにしても、もっと言いようがあったのではないか。隠岐爺が共に暮らしていたあの一年の間、自分をかわいがってくれたことに間違いはないのだ。どうして、その眼の奥に浮かぶ優しさに、もっと早く気づかなかったのだろう。

(俺の祖父上——)

だが、感傷に浸ってばかりいるわけにもいかなかった。

(沙耶は無事だろうか)

その事も気にかかる。

清盛はその日の朝、兵衛府に遅刻の届けを出すよう命じると、ただちに馬で鴨院へ駆けつけた。

先日、中へ入ったことがあったから、勝手は大体、分かっている。隠岐爺が南の雑舎、沙耶が北の殿舎に暮らしていることも知っていた。

警備の杜撰な鴨院とて、さすがに事件のあった南門には人がいるだろう。

清盛は北門を目指した。案の定、北門は閉まっていたが、門番もいないようである。

清盛は築地を乗り越えて、勝手に邸内へ入り込んだ。木立にまぎれて奥へ進んで行くと、殿舎の離れが見えてきた。

「頼もう」

清盛は悪びれもせず、中へ声をかけた。すると、少し盛りの過ぎた二十半ばくらいの女が、妻戸の隙間から顔だけをのぞかせた。

「あら、そなたはこの前の流鏑馬で……」

女は清盛を覚えていたらしい。だったら、話が早いと、

「ここの沙耶姫さまに用があるんだが、会わせてもらえないかな」

と、清盛はさっそく言った。

「沙耶姫さまですって」

その清盛の言葉を聞くなり、女は急に笑い出した。上品ぶって口許に手を当てているのが、何やら小憎らしく見える。

「あの高階の沙耶さんのことですか。その姫さまなら、ただいま、呼んでまいりましょう。少しお待ちくださいませ」

女は笑い声を残したまま立ち上がると、素早く奥へ引き下がった。

(俺が、沙耶姫って言ったのが、よっぽど変だったのかな)

確かに、沙耶は女房と同様の扱いを受けているようであった。

それでも、一応は忠実の娘として認められているという話だったが……。

「お待たせいたしました」

間もなく、聞き覚えのある透き通った声がして、清盛ははっと我に返った。

廂の所まで、沙耶が姿を現していた。この日は、白に白を重ねた氷襲という装束である。全身が白一色に包まれている中で、つややかな黒髪が美しく映えて見えた。

「沙耶……姫。無事で……」

沙耶は口許を引きしめ、黙ってうなずいてみせた。昨夜の事件のせいか、いつもよりもいっそう白く、蒼ざめて見える顔色をしている。

「少しお待ちください。わたくしが外へ参ります」

沙耶は素早く言い、履物を用意してある階まで移動しようとした。

するると、先ほど女房が顔を見せた妻戸の辺りから、女たちの含み笑いが聞こえてきた。

「あら、姫さま。素性の卑しい者と、二人きりでお話をなさるなんて、感心しませんことよ」

「その通りですわ、姫さま。殿方とは、御簾越しにお話をなさいませんと——」

女たちの顔は見えなかったが、棘のある言葉は清盛にも聞こえた。上品ではあるが、意地の悪そうな笑い声がそれに続いた。

「わたくしは姫などと呼ばれる身の上ではございませんから、ご心配いただくにおよびませんわ」

沙耶は透明感のある声で、堂々と言ってのけると、それ以上は女たちを相手にせず、清盛の傍らへ駆け寄ってきた。

「何だ、あの女房たち」

清盛は不平そうに鼻を鳴らした。

「わたくしを蔑《さげす》みたいのです、あの人たちは――」

沙耶は何でもないことのように言った。だが、その下唇がきりりと小さな歯で噛みしめられているのを、清盛は見た。だが、沙耶はただちに表情を改めると、

「そんな話よりも、義親さまが……」

と、話題を移した。

「ああ、あの隠岐爺が――」

と言ってしまったところで、清盛はあっと声を上げた。

沙耶は隠岐爺などという呼び名は知らぬはずだ。だが、それを察して、

「わたくし、実は義親さまから、清盛さまとのご因縁は承っておりますの。ですから、大体のことは聞いて――」

沙耶はいち早く言った。

「そうか。それなら、沙耶……姫の考えを聞かせてくれないか」

清盛が遠慮がちにそこまで言うと、沙耶は顔色を変えた。

「わたくしのことは沙耶とお呼びください。姫などと呼ばれたくないのです」

その物言いがひどくきっぱりとしていたので、気圧されたように、清盛はああとうなずかされていた。

「分かった。じゃあ、沙耶はどう思う？　あの隠岐爺は本物の源義親だったのか――。つまり、俺の祖父正盛公が出雲で討った男は偽者だったんだろうか」

沙耶は小首を傾げるようにしたが、しばらく考えるふうに沈黙した後、しっかりした口ぶりで語り出した。

「わたくしも、あの方が本物の義親さまだったのかどうか分かりません。前関白さまが数人の関係者とお会わせしたところ、偽者だという人も多かったらしいですから……」

「そうなのか……」

「でも、あの方が亡くなった以上、確かなことは分からなくなりましたわ。清盛さまのお祖父さま、正盛公のご名誉の回復も――」

「それはどうでもいい。祖父君が義親を討ったのは、もう十年以上も前の話なんだからな」

その言葉に対して、沙耶はにわかに表情を曇らせた。

「ですが、そうも言っていられないようです」

「どういう意味だ」

「今、義親さまを殺害した咎人のことで、さかんに取り沙汰されています」

「咎人か――」

それについては、清盛もここへ来るまでの間、ずっと考え続けていたことであった。

怪しい人物はさまざまいる。

まずは、鴨院の警備を杜撰にしていた忠実だ。かくまってはみたものの、使い道がなかったから、殺したのかもしれない。あるいは、義親が陰で海賊と取引していることを知って、危ういと考え始めたか。

そうなれば、忠実に命じて、義親をかくまわせていた鳥羽院もまた、同じ理由で怪しくなる。

あるいは、義親が生きていると、困る人間の誰か――。

筆頭はもちろん、義親討伐でのし上がった平家一門だ。正盛は死んでいるが、跡を継いだ忠盛がいる。

または、義親の息子である為義とて、その娘の祇園女御とて、反逆者となった父親の出現に困惑していたかもしれない。

その誰もが清盛と無縁ではなかった。誰が咎人でも、胸が痛む。

「わたくし、生前の義親さまから聞かされていたことがあるのです」

沙耶が不意に表情を強張らせて言い出した。

った。


「えっ、何を――」

「自分の身に何かあったら、その下手人は――」

沙耶はそこまで言って、言いにくそうに口をつぐんだ。

清盛ははっとなった。

「まさか、それが俺の父上だっていうのか！」

沙耶はうつむいたまま返事をしない。それは、清盛の疑いに対する肯定の返事であった。

二

その日、兵衛府から帰宅するなり、清盛は自室へも戻らぬまま、忠盛のいる母屋へ向かった。

「話があります」

母屋には、忠盛の他に、宗子と侍女たちがいたが、清盛は女たちをじろりと見つめ、

「人払いをしてください」

と、忠盛に言った。

宗子はそう言われても不快さを見せず、忠盛から命じられる前に侍女たちをうなが

して、母屋を出て行った。

「義親が殺された話、父上はお聞きになりましたか」

清盛はどすんと腰を下ろすなり、前置きもなく本題に入った。

忠盛はおもむろにうなずく。

「どうしても、聞かせてほしいことがあるのです」

清盛は早口に続けた。忠盛はあくまでも落ち着いている。それが、清盛を逆上させた。

「父上が殺したのですか！」

その乱暴で唐突な問いかけにも、忠盛は動じなかった。

「殺したんですか、父上！」

忠盛の返事が待ちきれなくて、もう一度、清盛は噛みつくように訊いた。

「それを尋ねるということは、私がやったかもしれぬと疑っているということか」

忠盛は清盛の問いには答えず、逆にそう訊き返した。

そうだ――と、うなずくことはさすがに躊躇された。が、その事で、清盛はいっそう猛り立った。

「私はただ、父上がやったのか、やってないのか、それだけが知りたいのです」

「私は、やったという証《あかし》も、やっていないという証も、そなたに示すことができぬ。

そなたは証を見せられぬ限り、決して疑いを解くことはないであろう」

それは詭弁にすぎぬという気がしたが、事実でもあった。

そして、清盛が心の底では期待していたこと――つまり、否定してほしいという望みが打ち砕かれた瞬間でもあった。

「やはり、父上が義親を殺したのですか」

清盛は顔を蒼ざめさせて叫んだ。否定してほしいという最後の望みに、なおもすがりつきながら、清盛は叫び立てた。

だが、忠盛は否定はしなかった。

「咎人はやがて検非違使が挙げるだろう。それを待つがよい」

「そんなものは当てになりません。本当に頭のいい咎人なら、身代わりだって用意しているでしょう」

「私がそこまで手を回していると思うのか」

忠盛の言葉を、清盛はもう聞いていなかった。

「父上が義親を――隠岐爺を殺したのなら、そうなんでしょう」

不覚にも、叫び声がかすれてしまった。

「隠岐爺だと――」

忠盛の声に初めて怪訝《けげん》な色合いが混じる。

「そうですとも。義親と名乗っていた男は、私がかどわかされて、しばらく一緒に暮らしていた爺さんです。隠岐爺だったんだ！　義親ってのは隠岐爺だったんです」

「それでは、そなたはあの義親を名乗っていた男と、会っていたのだな」

「あの男が本物の義親かどうか、私には分かりません。だけど、あの男は隠岐爺だった。隠岐爺は私に言いました。亡くなった母上は、隠岐爺の娘だったのだと――」

「莫迦な！　さようなはずはない！」

今や、忠盛の顔も、清盛に負けず蒼ざめていた。

「自分の殺した男が、妻の父親だと知って悔やんでいるのですか。それとも、義親の娘と契ったことを、悔やんでおられるのですか。父上はその女の産んだ息子を――」

清盛の顔が、今にも笑い出すのか泣き出すのか、判別がつかぬふうにゆがんだ。

「跡継ぎに決めてしまったんだっ！」

叫ぶように言った声は裏返っていた。

「ばか……なっ！」

忠盛の膝の上に置かれていた拳が、わなわなと震えた。

「父上は一門のためなら、人殺しだってできるのですか」

そう清盛が吐き捨てるように言った時、同時に忠盛は別の言葉を聞いていた。

――父上は家のためといえば、悪事さえ許されるとお思いですか。

——出世なぞ……。

それは、昔の自分の声であった。また、別の声も遠くから響いてきた。

——そなたは何も分かっておらぬ。少しは大人になれ。

——わしのやり方が気に食わぬなら、そなたはそなたのやり方を貫くがいい。

そういう時が来たということか。それは、どの父子でも通り過ぎなければならぬ道ということか。血のつながる父子であっても、血のつながらない父子であっても——。

「だったら、どうだというのだ。私を罵倒したいのか」

そう言い返した時、忠盛はもう落ち着きを取り戻していた。

だが、忠盛が冷静になればなるほど、清盛は激してゆくようだった。

「私は……自分が白河院の息子かもしれないって、言われているのを知っています」

忠盛の前でだけは口にすることがないと思っていた言葉が、飛び出してきた。忠盛がはっと息を呑んだ様子が分かったが、あとはもう止まらなかった。

「ここにいていいのかと、悩んだこともありました。でも、家を出たところで、何をしたいのか分からない。私は本当は、この家でするべき何かが欲しかったのかもしれません。でも、今の今、自分のやりたくないことだけは分かった!」

もうそれ以上、忠盛の言葉を待つこともなく、清盛は立ち上がりざま、叩きつけるように叫んだ。

「私、いや俺は、あんたの跡を継いで、平家の棟梁にだけはなりたくないんだっ！」

三

あれは、いつの年のことであったろう。確か、清盛がまだ、継母の宗子とも会ったことがなく、祇園女御の猶子にもなっていない頃のことだ。

清盛は父と共に、女主人のいない邸で暮らしていた。

母がいないということは分かっていたが、それが母の死を意味するということは、まだ幼い清盛には分かっていなかった……。

七月七日、初秋の夜空を雲が流れてゆく。

早くに昇った半月は、雲の波に呑まれたかと思うと、気まぐれにふっと貌《かお》を見せる。

牽牛と織女が一年ぶりに逢うという星合の空は、まるで人に見られるのを恥じるかのように、目まぐるしく装いを変えた。

肌寒い夜風が地上をそっと吹き抜けた時、空の彼方でも、雲が風に吹き千切られて霧消した。代わって、どこからか流されてきた厚い雲が、清《さや》かな星々の光を地上から隠してしまう。

「ああ……」

忠盛が覚えず息を漏らしたのと、

「ちちうえ――」

三代が父の袖を引いたのは、ほぼ同時であった。

「こよいは、けんぎゅうとおりひめが会う日でしゅね」

「うむ……」

忠盛は気のない返事をした。そして、もう一度、断ち切られた己の想念の中へ沈もうとした。そうさせまいとしてか、

「ちちうえは――」

勢いよく口を切った三代は、その後を言い迷うように躊躇っている。

「ははうえに会いに行かないの」

思いきって三代が口にした言葉に、忠盛は不意打ちを食らったような表情をした。

「母に会いたいか」

そう言って、三代の肩に手を置いた忠盛の瞳には、澱んだ翳がある。三代ははっと息を呑んだ。

「ちちうえ……」

父に真剣な眼で見つめられると、三代は時々怖くなる。

父が眇のせいではなかった。怖いのは、正面から右の眼で見つめられた時の方だ。

三代は後退《あとじさ》りするように、もじもじと足を動かしたが、

「それほど母に会いたいか」

忠盛はそれを許さなかった。三代は肩の痛みに顔をしかめながら、

「会いたいでしゅ！」

と、叫ぶように言った。父の手はようやく三代の肩を離れた。

「ならば、会わせてやろう」

三代が顔をほころばせるより先に、ただし条件がある――と、忠盛は続けた。

「北の対《たい》の前栽に行ったことがあるか」

三代は首を横に振った。

「北の対には、誰もいないって――」

爺の家貞から、行ってはいけないと言われている。そう告げても、忠盛は気にしなかった。

「そこには、今頃、朝顔が咲き乱れていよう。その中に、天の河という名の真っ白な朝顔がある。明け方、開花した瞬間を逃さず、蔓の根元から切り取ってまいれ。さすれば、母に会わせてやろう」

ただし、爺や乳母の力を借りてはならぬと、忠盛は釘を刺した。朝顔を切り取って

くるのは、そなた一人でするのだ、と――。

「行くのなら、これをそなたに貸してやろう」

忠盛は言って、懐から剣を取り出した。鞘に納まった小振りの剣である。

「この剣は守り刀なのだ」

「まもりがたな――」

「そうだ。決して鞘を抜いてはならぬ。鞘を抜けば、そなたの身によくないことが起こる。だが、鞘を抜かずに持っていれば、そなたの身を守ってくれよう」

三代は手を出しかねたまま、その剣をじっと見つめていた。

「この剣は抜丸というのだ」

忠盛はそう言うと、鞘入りの剣を三代の腰帯に差しこんだ。


(あの後はどうなったんだったか)

家を飛び出した清盛は今、どこへ行くという当てもないまま、愛馬の黒鹿毛をひたすら走らせていた。考えるべきことは山ほどあるというのに、浮かんでくるのは幼い日々の思い出だった。

なぜ今になって、そんな昔を思い出すのか、自分でもよく分からない。もう何年もの間、すっかり忘れていて、思い出すこともなかったというのに……。

馬上で受ける十一月も半ばの風は、身を切られるように冷たい。だが、その痛みがどこか心地よく感じられるのは、それ以上に痛んでいる場所があるからだった。それを忘れようとするかのように、清盛の心は昔の世界に戻って行った。

翌朝、三代の視界は一面真っ白に埋め尽くされていた。

夜空に白く光る天の河の水が、流れこんできたようだった。その名を持つ朝顔の花が咲いているのだ。その夢のような光景の中で、三代はいつしか瞼を閉ざしていた。それまで味わったことのないような、うっとりとして心地よい気分であった。

「三代！」

白い朝顔の花に埋もれるようにして、倒れ臥していた三代を目覚めさせたのは、忠盛だった。

「いかがした、三代！　大事ないか」

「あっ、ちちうえ……」

三代の眼に最初に映ったのは、蒼ざめた父の顔であった。

「もう……夜が明けてしまったの」

意識を取り戻した途端、三代ははっと全身を強張らせた。

「あっ！　天の河は――」

慌てて視線をさ迷わせると、大輪の白い朝顔の見事な咲きぶりが眼に飛びこんできた。

「ああ……」

気の抜けたような溜息が三代の口から漏れた。

「どうしよう……」

三代は泣き出しそうになった。

「そなた、いつ、この庭へ来たのだ」

忠盛が訊いた。

「ちちうえとお話をした後です」

「あの後、すぐにこちらへ参ったのか」

「だって、朝起きられなかったら……」

その言葉に、忠盛は声を上げて笑い出した。そして、笑いながら、我が子の頭にそっと手を置いた。

「ははうえに会える?」

父の顔色を窺うように問うと、忠盛は笑顔を崩さずに言った。

「男子とは小事に動じるものではない」

温もりのこもった声であった。

「母が側におらぬくらいで、めそめそするな。さようなことでは大丈夫《だいじょうふ》にはなれぬぞ」

「だいじょうふ……」

三代は聞き慣れぬ言葉をなぞって呟いた。

「大丈夫とはますらを、立派な成人男子を申す。劉邦《りゅうほう》を知っているか」

三代は首を横に振った。

「その昔、漢という国を築いた皇帝だ。劉邦はまだ若い頃、時の皇帝の行列を見て言ったそうだ。ああ、大丈夫、当《まさ》にかくのごとくなるべきなり、と——」

忠盛はそう告げた後で、

「この父も、劉邦のような大丈夫になりたいものと、常に思ってきた。だが、大丈夫とはなかなかなれるものではない」

と、言葉を飾ることもごまかすこともせず、率直に述べた。そして、

「そなたはどうか。つまらぬ出来事に動じてばかりいる小人となるか、人の上に立つ器量を持った大丈夫となるか」

と、右眼をまっすぐ三代に向けて問うた。

「三代も、大丈夫になります！」

頬を紅潮させて、三代は叫ぶように言った。

それまで無造作に置かれていた大きな掌が、不意に三代の頭上で動き出した。優しい慰撫ではなく、乱暴な励ましのような動かし方であった。

「そなたの母者はな。この天の河のような女人であった……」

忠盛は口髭の辺りに微笑を漂わせながら、眼前の白い朝顔を蔓から切り取った。

「どうやら、抜丸がそなたを守ってくれたようだな」

そう言うなり、忠盛は三代の腰から、鞘ごと剣を抜き取ると、代わりに朝顔の花を帯に結びつけた。

その足許を、するすると音を立てながら何かが走り去った。

三代がはっと地面を見下ろすと、それは白い蛇のように映った。忠盛は何も気づかぬようであった。

四

愛馬の黒鹿毛を駆って、どのくらい走ったのだろう。

黒鹿毛が疲れると、後で迎えに来るからといって、途中の駅舎で馬を乗り換え、走り継いだ。

当てなど初めからなかった。ただ、六波羅から遠い所へ行ければ——とだけ思っていた。

だが、いつの間にか、黒鹿毛もその後に乗り継いだ馬も、ある場所を目指して走っていたようだ。清盛も途中から、その事に気づいた。

(俺は、隠岐爺と暮らした大輪田泊へ行こうとしてるんだ……)

何のためかは自分でも分からなかった。すでに隠岐爺はなく、共に暮らしていた海賊たちとて今もいるとは限らないのだ。

隠岐爺の死を悼むためだろうか。それとも、ただ単に行くべき場所が他にないだけだろうか。

摂津国の大輪田泊は、都からそれほど離れているわけではない。馬を飛ばせば、二日で行き着ける。

途中からはもう、どうして大輪田泊を目指すのかと考えるのさえやめ、清盛はただ馬を走らせ続けた。二日後の夕暮れ、清盛は大輪田泊に程近い和田浜にいた。

(ここが、俺と隠岐爺の暮らしたところ……)

当時は、和田浜という名前さえ知らなかった。だが、浜辺に身を寄せ合うように建てられた掘っ立て小屋には見覚えがある。

しかし、今は住む人とてもない無人の小屋で、すっかり荒れ果てていた。

近隣の農夫に聞いたところでは、朝廷による海賊の取締りが強化する中、海賊たちもまた、それに対抗するため、小さい勢力が大きな勢力に吸収されたり、淘汰されたりしていったらしい。そうした中で、この和田浜に暮らしていた海賊たちは、近江出身の源智という海賊から配下になれという誘いを断り、そのために全滅させられてしまったという。

「源智だって!」

清盛はそう聞いた時だけ顔色を変えた。

隠岐爺はやはり騙されていたのだ。自分が共に暮らしていた海賊たちが、源智によって滅ぼされたことを知らなかったに違いない。

「中には、うまく逃げ延びた者もいたかもしれねえが、その後のことは分かんねえ。もう二年も前のことになるけど、そん時は、浜辺中が血の臭いに満ちていたもんさ」

農夫は鼻の先に皺を寄せて、清盛に教えてくれた。

(もう誰も……いない)

清盛は一人、浜辺に立って、海の向こうを見つめていた。聴こえてくるのは、浜に寄せる波の音だけだ。波は絶え間なく押し寄せるので、一瞬たりとも静かになることはないというのに、清盛は今、自分が音も光もない闇の中に、一人で取り残されてしまったような気がしていた。

生母はすでに亡く、実の父とも知れぬ人に育てられた自分を、心から愛してくれた人というのは、一体誰なのだろう。もしかしたら、それは亡き母の父だという隠岐爺だけではなかったのか。

（その隠岐爺の手を、俺は邪険に振り払ってしまった）

苦い悔いだけが胸を噛む。

何かをこらえるように、清盛は夜空を仰いだ。月はないが、じっと眼を凝らしていると、星々の光が思っていた以上に明るいのが分かる。

清盛は無意識のうちに、北の空の星を探していた。

その時、不意に清盛は、背後に足音を聞いた。はっと振り返ると、清盛に向かって近付いてくる人影がある。

「沙耶……」

その後方には、乳母子の貞能と顔馴染みの郎党たちが数人、顔をそろえている。清盛が消えたことを知った貞能が、沙耶の許を訪ねたのか。沙耶は隠岐爺と清盛の関わりから、この大輪田泊を思いついたのかもしれない。

貞能たちは少し離れた所から動こうとせず、沙耶一人が清盛の傍らまで近付いてきた。

「なあ、あの星が見えるか」

なぜ来たのかと問うことはせず、清盛は再び顔を空に向けて言った。その人差し指は北の夜空に向けられている。

沙耶も清盛に何も尋ねようとはしなかった。

ただ、清盛の指す方角にじっと眼を凝らし、海の上に浮かぶ夜空を見つめ続けた。

そうするうち、沙耶の瞳に一つの星だけが、なぜか明るく浮かび上がった。沙耶はそれが一年中動くことのない北の星であることに気づいた。

「妙見さまね」

ささやくように言う。

「ああ、北辰《ほくしん》妙見大菩薩さ。船乗りたちを守ってくださる」

沙耶は黙ってうなずいた。

「昔、占い師に言われた。あの星は俺の星だと――。俺は、北天の王となる運命だと――」

おもむろに清盛は告げた。その手はもう星を指してはいなかったが、沙耶はもう極北の星を見誤ることはなかった。

「俺は、龍を父親に持つ漢の劉邦のように、蒼龍の子だと予言された。俺も、いずれは王になる運命だ、と――」

清盛はその言葉を、得意げに口走りたかったようだ。だが、沙耶の耳には痛ましく聞こえた。

沙耶が黙っていると、清盛は躯中の力を抜くような溜息を漏らした。

「俺はここへ来てからずっと、隠岐爺の言葉を思い出していた。王になるというのは、どういうことか、と――」

清盛は空と海の間のあたりに、じっと眼を当てた。が、もちろん、この暗さでは水平線など見えはしない。

「俺は、それが逆賊になることかと思った。隠岐爺もそう考えていたようだ。たぶん、俺に藤原純友公のようになって、今の朝廷を倒してほしいと願っていたのだと思う」

清盛はなおも水平線の辺りを、まるでそこに隠岐爺がいるかのように、瞬きもせずじっと見据えている。

「だけど、俺は朝廷を倒すなんて、間違っていると思うんだ」

沙耶は黙ったまま静かにうなずいていた。

「かと言って、俺は沙耶の父上のように、関白になれるわけでもない。院になることもできない。いや、そういう血筋に生まれなければ無理だと決めつけてるから、そう思えるだけで、関白や院と同じような力を持つことなら、俺にだってできるのか――」

清盛は、一人で驚くほどたくさんしゃべり続けた。そして、途中から考えあぐねるように黙りこんでしまった。

「清盛さまならできると、わたくしは思うわ」

沙耶はようやく口を挟むと、ひどく重々しい口ぶりで告げた。

「お前にそう言ってもらえると、自分でも正しいことを言ってるという気がしてくるよ」

清盛は不意に沙耶に眼を向けると、勢いよく続けて言った。

「俺は、劉邦のようになる！」

沙耶の大きく見開いた眼に浮かんでいるのは、相手への賛美と愛の萌芽であった。

その眼差を受け止めて、

「だから、沙耶。その、お前は呂后になってくれないか」

と、清盛は言い放った。

「呂后は劉邦の皇后ね」

注意深く沙耶は答える。

「呂后は、劉邦がまだ王になる前、命が危なくなって逃亡すると、必ずその姿を探し出して、劉邦を追いかけてきたんだ」

「劉邦の居場所に雲気を見たのよ」

「だから、お前も俺を見つけてくれ。俺が迷いそうになった時には、いつでも——」

「清盛さまには、北辰のご加護がついているわ」

沙耶は泣き出しそうになりながら言う。

「道に迷ったりなさらないわ。それでも、わたくしはいつでも、清盛さまを追いかけることでしょう」

会話が途切れると、それまで耳に入らなかった波の音が、二人の耳になだれこんだ。だが、それは先ほど清盛の耳にしていた寂しい音ではなく、安らぎの音色であった。

「そうだ」

やがて、清盛は何かを思いついたといった表情を浮かべると、

「お前に持っていてもらいたいものがあるんだ」

と言って、懐から朱色の袋を取り出した。

「守り刀だ。抜丸と言うんだが、こいつは持ち主を幸せにしてくれるお宝だ。ただし、鞘から抜いちゃいけない」

「どうして――」

「この刀は自分で抜く時を知っているんだ。だから、人間が勝手に抜くと嫌がるんだそうだ」

「不思議な刀……。でも、そんな大事なものを――」

「お前に持っていてほしい！」

清盛は強情に言い張った。

「お前に、幸せになってほしいと、思うから——」

沙耶は震える手で抜丸を受け取ると、それを抱きしめるようにして空を見上げた。

北天の星が見える。清盛の星だ。

そして、自分はその星を追いかけ続ける船のようなものだと、沙耶は思った。

春の終焉

一

大輪田泊にほど近い和田浜の一夜から、四年後――。

もう数日で新しい年を迎えれば、清盛は十八歳、沙耶は十六歳になる。

（あれは、何という一夜だったのだろう……）

沙耶は清盛と共に星を見た夜のことを、この四年の間に幾度となく思い出した。

水平線も見えない真っ暗な海、浜辺に寄せる静かな波の音、空に輝く星々――。

（わたくしの人生に、あのような夜が訪れることは、もう二度とないかもしれない）

沙耶は思う。だが、清盛と共にいれば、あのように命の輝きに満ちた人生を、この先も生きられるかもしれない。

（本当に、何という方なのだろう、清盛さま――）

沙耶にはもう、清盛と共に生きる以外の人生など考えられない。北天の星を共に眺めたあの夜から、沙耶の運命はあの星に魅せられ、つながれてしまった。

あの夜は、貞能たちが寝ずの番をしてくれ、沙耶は廃屋で休んだ。

沙耶は、邸へ帰るよう清盛を説得するつもりだったのだが、結局、その夜は何も言えなかった。

すると、翌朝には、沙耶たちの後を追いかけて、祇園女御が船で大輪田泊までやって来た。

この時、沙耶の身を案じた姉の章子も、一行の中にいた。

「あなたがもう都には帰らないと言うのではないかと、心配で……」

章子は沙耶の手を取って言った。

「都には戻ります。でも、鴨院には……」

沙耶は言いよどんだ。

鴨院でどういう扱いを受けているか、この姉にだけは知られたくないと思っていたが、清盛と語り合った一夜は、沙耶の心に変化を起こしていた。

何かにじっと耐えて生きる人生は、尊い場合もあるが、それだけでもないのだと——。

大きなものを目指す清盛のように、もっと自由に、もっと強く生きてみたい。沙耶はそう思うようになっていた。身を縮こまらせるようにして過ごしていた鴨院での暮らしは、自分らしくないという気がしてならなかった。

何も語らなくとも、章子はそうした沙耶の立場のつらさを、察してくれていたらしい。

「前のように高階の家で一緒に暮らせれば、私も嬉しいのだけれど……」

摂関家への遠慮があるのだろう、帰ってきてほしいとは、章子も言い出しかねていた。

「あんな所に、帰ることはない」

その時、清盛がひどく断定的な物言いで、姉妹の会話に口を挟んだ。

「まあ、お待ちなさい」

それ以上、清盛が何か言うのを制するように、祇園女御が言う。

「前関白殿ならば、知らぬ仲でもありませぬ。申し遅れましたが、私は清盛殿の養母で、祇園に邸を賜る身。亡き法皇さまがお通いになり、今の待賢門院さま（璋子）がお育ちになった邸でもある。そこならば、前関白殿のご息女がお住まいになるのに、差し支えはないでしょう」

「まあ、それでは……」

沙耶は驚きと喜びに打たれながら、どう返事をしたものか迷うふうに口ごもった。

「もちろん、私の邸では客人としていてくだされればよい。ただ、前関白の息女としての栄華を失いたくないというのであれば……」

「そんなもの！」

沙耶は祇園女御の言葉を遮って、叫ぶように言った。

「わたくしは一度も望んだことはありませぬ」

「ならば、これで話は決まりましたね」

祇園女御はもう、有無を言わせぬ口ぶりで言った。それから清盛に向き直ると、

「清盛殿も、都へ帰らねばなりませぬ」

祇園女御は厳しい声で命じた。

「義親……の殺害を、忠盛殿のしわざと思ったのかもしれませぬが、あれは真の咎人が見つかりましたぞ」

「何ですって！」

「義親を襲ったのは、検非違使大夫源光信《みつのぶ》と申す者。光信は罪を認め、配流《はいる》が決まりました。ゆえに、そなたももう、忠盛殿に意地を張る必要はありますまい」

「源……光信！」

清盛は疑わしそうに呟いた。

聞いたこともない名である。確かに、下手人はそうなのかもしれない。だが、その光信に命じた者がいるはずなのだ。

この祇園女御だって怪しくないわけではない。為義も鳥羽院も、沙耶の父忠実だって――。

（それに、父上が光信とやらに陰で命じたわけではないと、どうして分かるのか）

だが、それを探ろうとしても無理であることくらいは、清盛にも分かっていた。

「以前、その義親に、己の邸の前で狼藉をされ、遺恨を抱いていたのだといいます。武士同士の誇りを賭けた争いでしょう」

そっけなく祇園女御は言い、沙耶に対しては、章子が説得した。女御はさらに言った。

「船を使えば、明日には都に戻れます。清盛殿は来年の春、従五位上に昇進することが内定しているそうですよ」

清盛は下唇を噛んだまま、何とも言わなかった。それは、簡単に言い負かされはせぬぞという、強い意志をうかがわせた。

「忠盛殿の容疑は晴れました。沙耶姫も私がお引き取りします。そなたが邸へ戻らぬ理由など、何一つありますまい」

祇園女御は光る眼で、清盛を圧するように、じっと見つめた。

忠盛が実の父かどうか分からぬ今、帰るのを躊躇う気持ちはなおも清盛の胸にある。だが、それを女御の前で口にすることはできなかった。

それに、今の清盛には隠岐爺から受け継いだ王になるという夢があり、その夢を追うのならば、こんな廃村にいてはならない。

「分かった……。いや、分かりました。都へ戻ります」

清盛はついに折れた。

そして、沙耶は祇園女御の邸で暮らすようになった。

間もなく、沙耶と祇園女御の希望で、章子もまた、表向きは女房という待遇で、祇園女御の邸に住まいするようになった。

女房といっても、沙耶の話し相手をするだけで、別格の扱いである。

章子と沙耶の姉妹は、昔そうしていたように、いつもぴたりと寄り添い合って暮らすようになった。

二

「清盛さまが参られました」

取次の女房が知らせてくると、

「まあ」

沙耶は頬を薄紅色に上気させた。傍らにいた章子は、

「私がお迎えにまいりましょう」

と言い、静かな衣擦れの音をさせて立ち上がった。

「えっ、ええ、お姉さま」

上の空で沙耶は言い、その手はもう、身づくろいをするべく、傍らの手鏡を取り上げている。

章子はそうした妹の華やぐ姿を見つめ、そのまま静かに立ち去っていった。

四年前、まだ蕾だった紅梅の花は、今や美しく開花し、匂うような愛らしさを周囲に振りまいている。清盛ならずとも、今の沙耶の姿を見れば、心を惹かれぬ男などいるまい。

一方、間もなく十八歳になろうという章子もまた、娘盛りのただ中におり、本人は目立たぬ風情に振舞っていようとも、きめ細かで滑らかな白い肌や、憂いを含んだ眼差、濡れたような唇など、それなりに人目を引く若さと美しさを持たぬわけではなかった。

ただ、おどおどした眼つきや、遠慮深い物言いなど、いつも自分を目立たせぬように、沙耶の陰に隠れるように振舞う癖のようなものが身についている。

血のつながる妹とはいえ、沙耶は前関白の血を引く娘なのだという遠慮の気持ちが、章子をそのような立場へ追いこんでいるのだった。

それでも、章子は沙耶に嫉妬したり、妹をうらやんだりするわけではなかった。章子は幼い頃から、妹思いの姉であったし、母が亡くなってからはまさに自分がその代わりになるつもりで、沙耶を慈しんできた。

その気持ちに変化のようなものが生じたのは――章子は認めたくはなかったし、認めてはいなかったが――清盛という存在が現れてからであった。

沙耶の姉であるという立場が、何か、章子を息苦しくさせるようになってきた。そして、ついには重荷であるかのようにさえ感じられてきたのだ。

そんなふうに感じること自体、章子は自分が許せなかったし、また、自分がそのような女であるなどとは認めたくもなかったので、それは章子の中でもあいまいな感覚だった。

自分が清盛をどう思っているのかという点については、考えてみることさえ、自分に許さなかった。

渡殿へ出た章子がまっすぐ進んで行くと、やがて、前方からいかにも活気にあふれた足取りで進んでくる清盛と行き合った。

「よう」

清盛は足を止め、気楽な調子で章子に声をかけた。

最初に会った時、ならず者ふうの格好をしていたせいか、清盛は章子には気安い物言いをする。沙耶に対してもそうであった。そして、沙耶がむしろそれを喜んでいることも、章子は知っている。

章子もまた、清盛から丁重に扱われるよりは、ぞんざいな言葉で話しかけられた方が嬉しい。そういう時、清盛はいっそう輝いて見えるし、何かこう――抗いがたい魅力のようなものを発するからであった。

「久しぶりだな」

間もなく十八歳になる清盛はぐんと背が伸び、武家の若者らしい逞しさにあふれている。装束の上からでもうかがえる男の鍛えられた躯つきから、章子はそっと眼をそらした。

「章子もここの暮らしに慣れたか」

清盛は何の気なしに尋ねた。章子はかつて自分から、章子と呼び捨てにしてくれと言ったにもかかわらず、こうして章子と呼ばれると、頰を紅潮させて恥じ入るようにうつむいた。

「沙耶に会いにこられたのでしょう。あちらにお待ちでいらっしゃいますわ」

清盛の問いかけには答えずに、章子はそっけなく言った。

「おっ、そうか」

沙耶の名が出ると、清盛はたちまち弾んだ声で言った。その眼には楽しげな光を浮かべている。

その時、章子の表情が曇ったことに、清盛は気づいていない。

「それじゃ、邪魔させてもらおうか」

清盛は言い、章子の脇を通り抜けざま、最後にささやいた。

「その女房装束、似合ってるよ」

章子はこの御所に来てから、華やかな十二単《ひとえ》をまとうようになった。その日は、表が青、裏が紫の松の襲である。沙耶のように、少女らしい紅や白は似合わない。そう思って選んだ装束は、章子の慎ましさと清らかさを引き立たせてくれたようだ。

章子がはっと身を強張らせた時、清盛はもう通り過ぎていた。

自分の言葉が、章子の心を波立たせる罪深さに気づきもしない背中だ。

だが、そんな若い男の罪な魅力に、章子の心は激しく揺さぶられていた。


それからややあって、章子は祇園女御の御前にいた。

清盛が沙耶の許へ行ってしまってから、一人ぽつんと渡殿に佇んでいた章子は、女御から呼び出されたのである。

「そなたはいつも、清盛殿が来ると、沙耶姫から離れてしまうのですね。いつもは、貝合わせの貝の番《つが》いのようにくっついているのに……」

祇園女御は章子を前に座らせ、優しく言った。

子を産むことのなかった女御にとって、待賢門院や清盛は養女や猶子にしたといっても、やはり本当の我が子と思える存在ではない。いや、血のつながる清盛は我が子も同然ではあったが、手許で育てた子という実感が持てなかった。

それに対して、章子と沙耶の姉妹はこの四年、ずっと共に暮らしてきたせいか、今では清盛よりも身近に感じられる。

そして、章子と沙耶の関係は、祇園女御にはもう遠い昔の、自分と由比の関係を思い出させた。

正直なところ、同じように姉という境遇ではあっても、章子と女御は少しも似ていない。むしろ沙耶の方が気質的には女御に近いだろう。

（この子は、由比を思わせる）

女御は章子を見る度に、そう感じた。

そして、忠盛に愛された由比を、疎ましいと思ったこともあったはずなのに、今では由比に似た章子を愛しいと思い、憐憫の情を持たずにはいられぬのも、女御には不思議であった。

（清盛殿は沙耶姫を愛している）

それはもう、二人の様子を見ていれば分かる。そして、章子が清盛をひそかに想っていることもまた――。

だが、母親に似た女を求めるのが、男のさがであるならば、いずれ清盛はこの章子をこそ愛するようになるのではないか。

祇園女御にはそんな予感がされるのである。

その時、清盛の中で、沙耶がどういう位置づけになるのかは、女御には予測がつかなかったが……。

「どうして、そなたは清盛殿や沙耶姫と一緒にお話ししないのですか」

女御はうつむいたままの章子に、再び声をかけた。

「清盛さまと沙耶姫は、互いに慕い合っているのですもの。お二人だけでお話をしたいはずですわ」

章子はうつむいたまま、小さな声で答えた。

「そういうそなたは、清盛殿をどう思っているのですか」

初めから答えの分かっている問いかけを、あえて女御はした。

章子ははっと顔を上げたが、何も言わぬまま、顔を赧《あか》らめてうつむいてしまった。

やがて、その顔色が蒼ざめてゆくのを、女御は憐れむように見つめた。

「そなたは気づいていないのかもしれませぬが……。私の眼には、そなたもまた、清盛殿を想うているように見える。もちろん、そなたも沙耶姫も若い男といっては、清盛殿くらいしか知らぬのだから、これは一時の心の迷いになるのかもしれませぬが……」

「で、でも、清盛さまのようなお人が……他におられるとは思えませぬ」

章子は意外にも、きっぱりと言った。

この娘はもう、己の心のありかが分かっている――女御はそう察した。そして、うなずいた。

「そうですね。私もそう思います。そして、沙耶姫もそう思っておられるでしょう」

章子は顔を強張らせたまま、女御を見返していた。その心を和らげるように、

「章子殿」

と、女御は再び優しい声を出した。

「そなたが清盛殿を想うているのなら、それを隠してはなりませぬ。清盛殿にとっても沙耶姫にとってもじゃ。もし二人が後になってそれを知れば、その時、どういう関係になっていようとも、そなたを怨めしく思うのではありますまいか。そなたの想いを知った上で、清盛殿が沙耶姫を選んだ時には、そなたは姉として祝福してやればよい。されど、身を退《ひ》こうなどとすればするほど、胸の中にくすぶった想いは、やがて清盛殿や沙耶姫を傷つけることにもなりかねませぬ」

女御の物言いの中に、ほんのかすかな苦味が混じる。追憶がもたらしたそれを、女

御は振り払って続けた。

「人の命に四季があるのなら、そなたたちの春はもう終わろうとしているのじゃ。いつまでものどかな春に生きていたいと思ったとて、やがて、照りつけるような陽射しの夏に向かって進んで行かねばならぬ。青き春から、朱なる夏へと――」

章子はいつしかうつむいていた。その膝の上に乗せられた拳が、青春の痛みに耐えようとするかのようにきつく握りしめられている。

女御はもう何も言わず、憐憫のこもった眼差で、章子を包みこむように見つめ続けた。

三

清盛が挨拶に来るというので、祇園女御は傍らにいた章子を引き下がらせた。

「ご一門はまたも海賊を追討なさり、帝のお誉めにあずかったようですね」

女御は当たり障りのない挨拶を述べた。

この年、長承《ちょうしょう》三（一一三四）年閏《うるう》十二月、清盛の乳母夫である平家貞が、海賊追討の功により左衛門尉に昇進していた。

直接、追討に赴いたわけでない忠盛自身に、昇進の沙汰はなかったが、すでにこの二年前、内裏への昇殿を許されている。これは、武門の出身としては初めての快挙であり、同時に公家社会の反発も買った。

それでも、鳥羽院の忠盛に対する信任は厚い。鳥羽院政が始まった当時は、白河院政への否定から平家一門が失脚するのではないかという疑いが持たれたが、それはまったく正反対となった。鳥羽院は白河院以上に、平家を――というよりも、忠盛を取り立てたのである。

それは、忠盛に宋との交易を一任するほどの信頼ぶりであった。これより一年前、忠盛が宋船とやり取りするのを、越権行為だと大宰府が訴え出たことがあったが、それは院宣により差し止められた。

以来、忠盛は宋との交易を一手に担い、そこで上がった利益は鳥羽院や大臣たちへの献上物となった。忠盛の勢いは、かつての八幡太郎義家をしのぐほどである。

無論、忠盛の勢いが増せば増すほど、それを面白くないと思う連中も生まれる。その勢力が摂関家を中心にまとまるのではないかという懸念を、祇園女御はひそかに持っていた。

摂関家の当主は、関白藤原忠通《ただみち》であるが、その父で大殿と呼ばれる忠実が家長として力を握っている。沙耶の父である。

忠実は娘の勲子《いさこ》を、鳥羽院の后にはしたが、子を生《な》すことは期待できなかった。勲子がもう三十代も後半だったからである。

ただ、勲子はかつて白河院によって阻まれたものの、忠実が鳥羽帝に入内させようとした娘であった。勲子院参が執念のようになっていた忠実は、白河院の崩御後、その望みを叶えたのだ。

(だが、上皇さまの御子をなす娘が要る)

忠実がそう考え始めるのも当然だった。

今上の崇徳《すとく》帝には、忠通の娘の聖子《きよこ》が入内しているが、まだ皇子は授かっていない。

忠実には、正式の院参とまではいかなくとも、勲子の代わりとなって、鳥羽院の寵愛を受ける娘が必要だった。

(ちょうど手ごろな娘がいるではないか)

忠実が沙耶の存在に思い当たるのも、当然の成り行きだった。

母親の身分と、生まれた時の事情に問題があるが、鳥羽院の子を産ませる道具だと思えばよい。摂関家の権威としては、立后して名も泰子《やすこ》と改めた勲子がいる。

かつて鴨院から姿を消した時、忠実は沙耶の行方を探そうともしなかった。後に、祇園女御が世話をしていると知らせてやった時も、

「当人が望むなら、上臈《じょうろう》女房としてでも使ってくれればよい」

というような返事しかよこさなかった。その忠実が、今になって沙耶を返してもら

いたい――と言い出したのだ。

女御はまだ、その事を沙耶にも清盛にも伝えていなかったが、忠実の内心の焦りは手に取るように分かった。

忠実は、鳥羽院が新たに特定の女を寵愛するようになる前に、沙耶をその許へ送りこみたいのだ。

もちろん、女御は忠実の要求を、のらりくらりとかわしていた。だが、沙耶がここで暮らすのを望んでいるから――というような理由で、忠実が引き下がるはずはなかった。

この日、清盛が挨拶にきた時、具合の悪いことに、女御の許に忠実からの使者が来たという知らせが入った。

「前関白のご使者ですと――？」

清盛は取り次いだ女房の言葉を、耳ざとく聞きつけ、祇園女御に探るような眼差を注いだ。

「沙耶姫がここにおられることは、すでに前関白もご存知ですからね」

女御は、内心の動揺などつゆ見せずに切り返すと、さりげなく続けた。

「沙耶姫の近況など、お尋ねに使者をよこされたのでしょう」

「しかし、不思議ではありませんか。これまで沙耶姫の暮らしぶりなど、まるで関心のなさそうだった前関白が何ゆえ――」

清盛は疑いをますます深めているようだ。このままでは沙耶の耳に入ってしまうかもしれない。だが、沙耶には言うなと一方的に命じることも、疑いを強くさせるだけであろうと、女御は素早く考えをめぐらせた。

「沙耶姫もお年頃ですから、髪上げ（成人の儀式）のことや将来のことなど、少しは気になっておられるのではありませんか。何でも、こちら任せにしておくのも体裁が悪いでしょうし……」

女御の言葉は一応、理に適ってはいる。清盛はなおも疑わしそうだったが、それ以上、女御を追及しようとはしなかった。

「それでは、そなたはお帰りなさい。私は前関白の使者に会わねばなりませんからね」

そう言って女御は清盛を下がらせた。

清盛が出て行く時、沙耶に口止めしておくのを忘れたことに気づいたが、どうせもう帰るのだからかまわないだろうと、女御は安易に思い直した。

清盛が帰る前に、もう一度、沙耶の許へ舞い戻って、その話をしていったことは、さすがに女御にも読みきれなかった。

清盛から、忠実の使者が祇園女御を訪ねてきているという知らせを受けた沙耶は、気もそぞろであった。

「もし、お前を困らせるようなことを言ってきたのなら、必ず俺に知らせるんだぞ」

清盛は帰りがけにそう言い置き、沙耶はしかとうなずいたのだ。

沙耶にとって心配なのは、忠実が再び沙耶を引き取ろうなどと言ってくることだった。また、沙耶はいずれ清盛の妻になるつもりでいたが、その時、それに反対してくることであった。

前者はあり得ないと、沙耶には思われた。後者はいずれあり得る話としても、今の忠実が沙耶の気持ちを知るはずがない。

（もしかしたら、わたくしの縁談などを持ってこられたのでは――）

これまで浮かべてみることもなかった考えが、ふと沙耶の脳裡に浮かんだ。

それは、形ばかりでも父親であれば、十分に考えられる話であったし、忠実が沙耶を娘として利用しようと考えることも十分にあり得た。

（嫌だわ、そんなお話が勝手に進められでもしたら――）

沙耶は嫌悪に眉をひそめた。

もちろん、祇園女御が断ってくれはするだろうが、清盛に対する沙耶の想いを、女御がどれほど知っているかは分からない。

（わたくしは、清盛さま以外の男の人を、婿に迎えるつもりはない！）

その事を、はっきりと女御に知らせておかなければならない。章子であれば、口にするのを躊躇ったはずの言葉も、沙耶は少しも恥じらうことなく口にできた。

思い立つや否や、沙耶は自らの局を飛び出し、女御がいる母屋に向かった。もしまだ忠実の使者がいるのならば、その者に向かって、自分の心のありかを口にしてもよい。

そう思って、沙耶が母屋に近付いた時――。

「いずれにしましても、姫君はお返しいただく。それが前関白さまのご意向なのでございますぞ」

かなり感情的になっている男の声が、渡殿にまで聞こえてきた。どうやら人払いがされているらしく、母屋の周辺には誰もいなかった。

沙耶は使者の前で意を述べようとしていたことも忘れて、足音を立てぬように気をつけながら、母屋の妻戸にそっと近付いた。

「されど、姫君ご自身がそれをよしとは致しますまい。前関白さまは少なくとも、これまでずっと姫君のことを放っておかれた方ではありませぬか。ここには、父君の違う姉上もご一緒に暮らしておられます。姫君はここでお暮らしになりたいと思っておられる」

祇園女御の言い返す声は、使者のものよりは冷静だったが、それでも、追いつめられた者の切羽詰った感じがうかがえた。

「姫君とていずれは成人なさり、ご結婚なさらねばなりますまい。そして、それについては、実の父君である前関白さまに決定権があることをお忘れなく」

「だからといって、姫君の意に添わぬ結婚を、無理強いすることなどできますまい」

「意に添わぬなどということはありますまい。前関白さまは関白家のご息女にふさわしいご縁を――と考えておられるのですからな」

「やはり、姫君を政《まつりごと》の道具になさるおつもりですね。それで、急に引き取ろうなどと――」

「きれいごとを、おっしゃろうというおつもりですかな」

使者の漏らした含み笑いが、沙耶の心をぞくりとおびやかした。

「女御さまとて、かつては今の待賢門院（璋子）をお育てし、今の上皇さま（鳥羽）に入内させたではありませぬか。それとて、待賢門院はそうしたいとお望みでいらっしゃいましたか」

あざ笑うような物言いだった。祇園女御の返事はなかった。

「確か、当時から待賢門院は白河院と深い御仲にあり、引き離されるのを泣いて嫌がられたとか。もちろん白河院のご同意の上でしょうが、待賢門院を体《てい》よく内裏へ追い払ったのは、女御さま、あなたでございましょう。その企みの中には、再び白河院のご寵愛を独占しようというお気持ちも、待賢門院のお産みになった皇子が即位なさった時、ご自分が帝の外祖母になれるという野心も、おありだったのではありますまいか」

「何と、無礼な！　誰に向かってものを申しているのか」

ついに、祇園女御の激した声が、沙耶の耳を打った。

「誰に向かってとは心外な！　あなたが祇園女御さまであることは、よう存じております とも。女御の宣旨も受けずに、女御の呼称を詐称した、生まれもつかぬ卑しい女――。まだお分かりではないのですか。白河院亡き今、もはやあなたのお力なんぞ、誰も恐れてはいないのですよ！」

沙耶は震えが止まらなくなる躯を、抱きしめるようにしながら、細心の注意を払って、母屋の妻戸から離れた。そして、その後はわけも分からぬまま、必死に自分の局へ駆け戻った。

(どうしよう。どうすればいい)

答えの出ない疑問が頭の中を駆け巡っている。

局に駆けこんで戸を閉めるなり、沙耶は褥の上にへたりこむように座った。

(ここにいると、女御さまにご迷惑がかかってしまう。かといって、お姉さまにお話

しして、高階のお家に身を潜めるとしても、あそこならば、容易に前関白さまに見つかってしまうわ）

章子には何も言わぬ方がよいかもしれない。そこは冷静に、沙耶は頭を働かせた。沙耶の苦境を知れば、章子は何とかしてくれようとするだろうし、その話は基章の耳にも入るかもしれない。基章も我が身を顧みず、沙耶のために尽くしてくれるかもしれない。

基章はそういう人物だった。だからこそ、血がつながらなくとも、沙耶は基章を実の父のように思っている。

だが、忠実がその気になれば、基章の官位と官職を奪うことなどたやすいのだということは、沙耶にも分かっていた。いや、祇園女御の暮らしをおびやかすことさえ、忠実にはできるのだ。先ほどの使者のおごった態度には、それを十分にうかがわせるものがあった。

（清盛さま！）

沙耶は両手を組み合わせて、神仏に祈るように、その人を思った。

――もし、お前を困らせるようなことを言ってきたのなら、必ず俺に知らせるんだぞ。

頼もしげに言ってくれた言葉が、耳の奥で海鳴りのように響いていた。

（清盛さまにだって、ご迷惑をかけるかもしれない。でも、わたくしにはもう、あの方のお側しかいられる場所はないのだわ）

沙耶の双眸に、それまでになかった強い光が宿った。

（六波羅を訪ねてゆこう）

沙耶はすっかり心を決めた。

四

それから一刻ばかり後、六波羅では——。

大きな池を有するところから、池殿とも呼ばれる忠盛の邸の周辺を、六、七人ばかりのいかがわしい男たちがうろついていた。

「やはり無理そうか」

海坊主のように頭を剃り上げた頑丈そうな男が、偵察から戻ってきたばかりの、背の高い痩せた男に尋ねている。

「ああ、長男は昼過ぎに出て、まだ戻ってねえようだが、次男の野郎が姿を見せる気配がねえ」

「あの長男は曲者だからな。できれば、いないうちにやっちまうのがいいんだが」

海坊主の男が言った。

「賭場や酒屋に出入りしている長男と違って、次男はおとなしい小粒だってえことだぜ。めったに外へ出ないで、引きこもってばかりいるらしいや」

偵察から戻ってきた、痩身ののっぽが言う。

「なら、いっそこれから邸に押し入って、拉致しちまえばいい」

別の男が乱暴に言った。その男は右の頬に切り傷の跡があり、この中で最も凄みがあった。

「そりゃあ、無理だ。こんだけの人数じゃな。ここには、三十は下らない兵たちが常に詰めてるし、例の長男と家貞ってえ家来は、相当に腕も立つっていう話だ」

「それで、長男とその家来が留守にしている時を狙って、こうして見張ってるんじゃねえか！」

右頬に傷のある男が、我慢しかねた様子で言う。

「今、長男はいねえんだろ。踏み入ろうぜ！」

「だが、家貞は外へ出た気配がない。それに、長男だって、いつ戻ってくるか分からねえ」

のっぽが慎重に言い、海坊主がうなずいた。

「おう、やっぱり、こんな本宅は狙わねえで、別宅のもっとちいせえ息子を狙ったらどうなのさ。まだ他にもいるんだろ。忠盛って野郎の息子はさ」

「まあ、いるにはいるんだが、人質としての価値がどれだけあるかな。やっぱし、跡継ぎか本妻の息子でなけりゃあ、配下の武士どもへの脅しにならんのだろう」

「へん、そうかい」

「まあまあ。今日のところは下見ということで、いいだろう」

海坊主が傷のある男をなだめるように言った。采配は海坊主が握っているようだ。

「取りあえず、これは源智《げんち》の親分の指図なんだ。俺たちはそれに従っていればいい。これが難しければ、また源智の親分が忠盛の弱みを見つけてくださるだろうさ」

その時、ぽきりと枝の折れるような音がした。

「だれだっ！」

かすかな物音に感づいたのは、しゃべっていた連中ではなく、それまで一言も口を利かなかった一番若そうな男であった。なかなか整った顔立ちの、どこか酷薄な感じを漂わせる若い男は、素早く刀の柄に手をやりながら、少し離れた背後の柳をじっと見澄ました。柳の木の枝の端に、女物らしい袿の白い裾が見えた。

「出て来いっ！」

若い男は低く言い、油断のない仕草で腰の刀を抜き放った。その尖端を柳の幹に向けながら、ゆっくりと位置を変えてゆく。男は柳の木を中央に据えた形で、円を描くように移動していった。

　やがて、その眼が見出したのは、まだ十五、六にしか見えぬ若い娘の姿であった。娘は少し大きめの布包みを胸に抱え、かすかに身を震わせている。だが、その眼は怯えながらも、大きく見開いて男たちをしっかり見据えていた。

「ここで、俺たちの話を盗み聞きしていたな」

　刀を手にした男は、それを納めようともせず、若い女を鋭く見据えた。

「どうします、この娘」

　若い男は、丁寧な口を利いた。どうやら、この連中の中では下っ端の扱いらしい。

「この邸に召し使われている女か」

　海坊主が探るように、娘を見つめながら言った。その眼が次第に値踏みするような感じに変わっていった。

「いや、下っ端の侍女にしては、いいものを着ています。侍女だとしても、かなり高い方の女か、あるいは、この邸に用があって訪ねてきた女でしょう」

　若い男が答えた。

　彼は、もう恐れる必要がないと見極めたらしく、刀を鞘に納めた。

「まあ、話を聞かれたんじゃ、放っておくわけにはいかねえってことよ」

　頰に傷のある男が、下唇を舐めながら言った。

「上玉じゃねえか。高く売れるぜ」

若い男を除く男たちが、卑猥な笑いを漏らした。男たちの視線にさらされている若い娘は、胸にした布包みごと、ぎゅっと我が身を抱きしめるようにした。

「その娘を捕らえな」

海坊主が若い男とのっぽに命じた。すると、二人の男たちはさっと敏捷に左右に分かれ、娘を追いつめるように距離を縮めてきた。

娘はとっさに布包みを放り出すと、懐から取り出した小刀を握りしめた。娘の果敢な態度に、おっと表情を変えた男たちは、一瞬の後、

「何だよ、そりゃあ」

げらげらと笑い出した。

娘が最後の砦とでもいう必死の形相で手にした小刀は、鞘に入ったままだったのである。

「お姫さん、それで、俺たちを突き刺そうっていうのかい」

「やれるもんなら、やってみな。お姫さんよう」

のっぽが挑発するように言う。

「おい、顔に傷をつけるんじゃねえぞ。高く売れなくなるからな」

海坊主が口を挟んだ。

「分かってまさあ」

のっぽが答えたその時、若い男の方は一瞬で娘との距離をつめていた。いかにも喧嘩沙汰に慣れた様子の身軽な動きである。

「お姫さん。えらく威勢よく剣を取り出したもんだが、これははったりかい」

そう尋ねた時、若い男の手はすでに、娘の持つ小刀の鞘にかかっていた。

「刀の使い方、教えてやるぜ」

男は酷薄な笑みを漂わせながら、低い声で言った。熱い息がかかるほど、二人の距離は近い。

男が握っているのは鞘だけだったので、娘は小刀ごと後ろへ飛び退《の》けばよかった。だが、娘はそうしなかった。左手で柄を握ったまま、右手で男の手首をつかんできたのだ。予想外の行動に、男は一瞬、はっとなった。

もちろん、娘の力に負けるはずはなかったが、娘の手を振り払おうと、男の手は鞘から離れた。

すると、娘は、振り払われた右手で鞘をかばおうとした。

それを見た時、それまで冷静だった男がかっとなった。

「お前、阿呆か」

男は言うなり、娘につかみかかって、その両手首をがっしりとつかんだ。

「刀ってのはなあ！」

娘の目の前で、男の唇がかっと裂けた。

「鞘から抜いて使うもんなんだぜ！」

男は娘の両手を引っつかんだまま、腕を左右に押し開いた。同時に、娘の左手に収まっていた小刀は、ついに右手の鞘から抜き放たれた。

「ああっ！」

刃の白い光が娘の視界を焼いた。

娘——沙耶は、抜丸が鞘から引き抜かれたのを眼にするなり、その場に崩れ落ちるように気を失ってしまった。

七半賭博

一

沙耶がならず者たちにさらわれたという報せを、清盛にもたらしたのは章子であった。

　章子は沙耶が一人で邸を脱け出したことを知り、清盛の許へ向かったのではないかと疑った。慌てて後を追いかけてみると、沙耶と思われる娘がならず者たちに担がれて行くのを見かけたという。

「わ、わたしは沙耶を助けることができなかったのです！」

　その話を告げる時の章子は、半狂乱の体《てい》であった。

　とりあえず、章子からならず者たちについて聞けるだけの話を聞くと、清盛がただちに向かったのは右京の壺屋であった。

　ならず者たちにはならず者だけの情報網もある。

　清盛は陳と栖庫裏に事情を打ち明け、沙耶をさらった可能性のある男たちの正体を探ってもらった。その日の夜が明けるまでの間に、陳と栖庫裏は彼らの正体をおおよそつかんだ。

「近江の海賊、源智の手下と思われますぜ」

「源智だと！」

その名は忘れようにも忘れられるはずがない。

生前の隠岐爺に連れて行かれた九条の妙見神社で、引き合わされた時の強烈な印象はいまだに残っている。それに、清盛が隠岐爺と共に暮らしていた和田浜の海賊たちを、壊滅させた海賊の頭領もまた、あの源智であった。

源智は、西国の海賊たちを次々に手下に従え、今や都にまでも力を伸ばしているという。

(源智の根城は、隠岐爺が案内してくれた、あの妙見神社の裏手じゃないのか)

清盛はすぐにも飛び出そうとしたが、陳と栖庫裏らに止められた。まずは偵察に行かせようということになり、陳がその手配をした。その後で、

「奴らがかどわかしをするのは、何のためかご存知ですか」

と、陳は清盛に尋ねた。

「女なら遊女にして金を稼がせるとか、子供なら奴《やっこ》として売りとばすとかだろ」

沙耶の運命を思うと、清盛の声は苦しげにかすれた。

「ただ、この国は奴婢《ぬひ》が禁止されていますし、遊女にして稼がせたって、それほど大きな実入りはありません」

「なら、どうするんだ」

「奴らは船を持っています。それで、宋国へ連れて行くんですよ」

「宋で売っぱらおうってのか！」

思わず清盛は身を乗り出すと、声を張り上げて叫んだ。

「あちらでは、若い異国の女は高く売れます」

「ひでえ話だ！」

義憤に駆られて、栖庫裏が叫ぶ。

「早く、沙耶を見つけないと！」

清盛は再び焦りをにじませて言った。卓上で握りしめられた拳は、爪が今にも肉に食いこみそうなほどに見える。

「都の根城はすぐに割れるでしょう。厄介なのは、奴の根城が西国一帯に渡っていて、そのどこかに連れ去られてしまうことです」

「で、俺はそれまで何をしたらいい」

清盛は陳をすがるように見つめた。

そう問われるのを予測していたように、陳は落ち着いた様子でうなずいてみせる。

「姫君を救い出す手立ては二つあります。まずは、若の父君にお願いして、海賊討伐の兵を出してもらうこと。姫君が都に監禁されていれば、それで救い出せやしょう。もう一つは――」

陳はそこでいったん息を継ぐと、

「奴らが宋で儲けるよりも高額を払って、姫君を買い戻すことです」

一気に言った。その途端、清盛の顔がぱっと明るくなった。

「金で話がつくなら！」

いくらでも払うさ――と言いかけるのを制するように、陳は手を上げた。

「これは、下手に持ちかければ、失敗しますぜ」

慎重に陳は言った。

「若が――つまり、平家の若君が執着している女だということが知られれば、姫君の身が危うくなります。金をふっかけられるだけならいいが、若自身の身柄と交換しろなんて言い出しかねない」

「けど、沙耶が――」

なおも言おうとする清盛の言葉を遮って、

「慎重になることです。奴らは平家を転覆させたくって仕方ねえんですからな」

陳はこれまでになく、重みのある沈痛な物言いをした。さすがに清盛も黙りこまざるを得ない。そこで、陳は少し声の調子を和らげて続けた。

「こっちが欲しがっているように見せちゃあいけませんぜ。向こうから、差し出すように仕向けるんです」

「けど、そんな方法って――」

言いかけた清盛は、突然、眼に鋭い光を浮かべた。

「博打か！」

陳は大きくうなずいてみせた。

「ただし、失敗は許されませんぜ。それに、俺にはその自信が正直ありません」

「俺がやる。サイコロふりなら自信がある」

清盛は今にも立ち上がりそうな勢いで言った。

だが、陳はゆっくりと首を横に振り、それは最後の手段だと言った。

「まず、若は父君に討伐のための出兵をお願いしてください。それがうまくいかなかった時は、博打も含めて、方策を考えやしょう」

清盛は眼に荒々しい光を浮かべたまま、うなずくしかなかった。

それから一刻余りの後、清盛は汗だくになりながら、鳥羽院の御所である鳥羽離宮に立っていた。平安京を出た南側、一里弱の場所である。

もともとは白河院が献上された離宮で、今では鳥羽院がそれを好んで使用していた。忠盛はその日、鳥羽院に伺候して宿直する予定であった。それを知った清盛は、翌日まで忠盛が帰るのを待てず、鳥羽離宮まで馬を走らせたのであった。

「どうしたのだ」

汗をしたたらせながらも蒼い顔をして、突っ立っている息子の姿に、忠盛はさすがに怪訝《けげん》な顔を向けた。

平家の棟梁にだけはなりたくないと言って、清盛が六波羅を飛び出してから、この父子はまともに話をしたことがない。祇園女御の計らいで、六波羅へ戻ってきた後も、清盛は忠盛とだけは口を利かなかった。

「まあ、座らないか」

忠盛に与えられた宿直所の曹司である。他には誰もいなかった。

忠盛は自ら円座《わろうだ》を差し出した。だが、清盛はそれも眼に入らぬといった様子で、その場に膝を付いて座りこむや、

「父上に頼みがあります」

と、突然切り出した。その場に両手を付いて頭を下げる息子の姿に、忠盛は内心で仰天していた。

「海賊討伐のための兵を貸してください」

清盛は言い終えた後も、頭を下げ続けていた。

「ずいぶんと、急な話だな」

忠盛は驚愕を表に出さぬよう気をつけながら、慎重に呟いた。

義親殺害をめぐる衝突から四年、二人の間に出来上がった大きな壁は、滅多なことでは崩れないほどになっている。

「奴らは都を根城に、悪事を働いています。女をかどわかして、宋に売っぱらうことまでしているんです。父上はここ数年、ずっと海賊討伐をしてきました。だから、今度も兵を出してほしいのです」

切り出した時は下げたままだった顔を、途中から上げて、清盛は言い終えた。その眼差は、かつてないほど真剣に、まっすぐ忠盛を射抜いてくる。

忠盛は横を向いた。そうすると、相手はたいてい忠盛の眼がそれたと思いこむが、左の眇はなおも清盛に注がれている。

「そなたはこれまで、私の仕事ぶりにはまったく関心を示さなかったし、我が家が功績を挙げたところで、それを喜ぶふうでもなかった。それが何ゆえ、今になって、必死に海賊討伐を説くのだ」

「それは……」

「何か、そなた自身の問題と関わるのか」

忠盛は鋭いところをついた。清盛は返事ができなかった。

「女が海賊どもにさらわれでもしたか」

清盛の表情が狂おしげにゆがむのを、忠盛の眇はじっと見つめていた。

「近江禅師源智という海賊の首領がいる」

右眼を清盛の方へ戻して、知っているか——と、忠盛は正面から問うた。

清盛はごくりと唾を飲みこんでうなずく。先ほど仕入れたばかりの情報を、忠盛が知っていたことに驚いていた。

「朝廷に、その討伐を願い出ている。許されれば、兵を動かしもしよう。だが、お許しが出ぬうちは、我が家の兵を動かすことはできぬ」

忠盛はきっぱりと言ってのけた。

「それじゃ、間に合わない！」

清盛は床に付いていた手を、拳にしてばんと叩きつけて叫んだ。

「許しを待っている間に、……売られてしまうかもしれないんです」

「その時はあきらめるんだな」

忠盛は眉一つ動かさずに、淡々と言った。

「朝廷の許しなく兵を動かせば、それはもう逆賊だ。源智ら海賊どもと何ら変わるところがない」

「だけど！」

「私は、逆賊になる気はない」

にべもなく、忠盛は言った。

「私の……大事な人なんです」

喉の奥からしぼり出すような声で、清盛は言った。そうして、もう一度頭を下げ、額を床にこすりつけた。

「頼みます。どんなことでも従いますから――」

忠盛の返事はなかった。

「棟梁の座を弟に譲れと言われれば譲りましょう。家を出ろと言われれば出ます。棟梁になれと言うのならそうするし、堅気らしくしろと言うなら、右京界隈への出入りもいたしません。だから！」

清盛は思いつく限りの譲歩を申し出た。沙耶のためなら、何でもできると思った。それは、最後の父への頼みであった。

忠盛は眼を閉ざした。

――女を取り返したいと思うならば、自分の足で仙洞御所へ行き、おのが力で奪い返してまいれ。

耳許に残る声を聞き、そしてゆっくりと眼を開けた。

「どうしても助けたいなら、そなたの力一つでするがいい。私はこれまで築き上げてきたもののすべてを、それで捨てるわけにはいかぬ」

忠盛が静かに言い終えた時、清盛の口から怒号が漏れることはなかった。忠盛につかみかかったり、立ち上がって床を踏み鳴らすこともなかった。

清盛は静かに立ち上がると、何一つ言葉を発することなく、忠盛の前を立ち去って行った。

二

平安京の中でも、公家などは出入りしない荒れ果てた右京の、さらに端にある九条界隈――。

あまり柄のよくない者たちがぽつぽつと行き交う小路を進んだ先に、古びた鳥居がある。船乗りたちの信仰する妙見大明神を祀る神社であった。

鳥居をくぐって参道を進むと、間もなく神の祀られた本殿が現れた。

清盛はしばしその前に立つと、拝礼をして祈りを捧げた。

本殿の脇にはそれを取り巻くように、社務所を含むいくつかの建物がある。神主や神人《じにん》たちが住まう場所である。

東側の外れには、とりわけ古びた大きな建物があった。今ではもう使われていない社務所の跡であったが、詰めて入れば、五十人以上の人間が入れそうなほどある。

その戸が、外側から、一回、二回、一回の順に叩かれた。

合図である。扉は決まりに従って、内側から開けられた。

「おいっ！」

中から戸を開けた男が、驚愕まじりの怒声をあげた。外にいた男が、戸を乱暴にぐいっと引いたからだ。

「あんたら、源智の子分だろ」

外から入ってきた若者――清盛は牙をむいた猛獣のように、眼をぎらつかせて言った。町のならず者ふうに、髪を後ろで束ね、派手な紅色の水干を着ている。

中にいた男たちが、この突然の訪問者にじろりと眼を向けた。いずれも荒くれた男ばかりである。水干姿の神人もいるが、多くは若者と同じように派手な装いに身を包んでいた。

そこでくり広げられているのは、四一半、七半に双六といった博打であった。

「お前、何者だ。誰にここの話を聞いた」

戸を開けた男が、清盛の肩に手を置いて訊いた。中に入らせまいとするように、清盛の前に立ちはだかっている。その頬には傷跡があった。

「誰だっていいだろう。とにかく、あんたらの正体は知ってんだ。かどわかしをしていることもな」

「何だと！」

傷のある男の眼が、針のように鋭くなる。

「おっと、喧嘩をしにきたわけじゃねえんだ。俺は女を買い戻しにきた。ここの胴元と話をさせな」

「女を買い戻しに、だと――」

男が疑わしげに、清盛をねめつけた時、

「入れてやんな」

奥から野太い声がした。

傷のある男が振り返って躯をずらすと、清盛の前に海坊主のような大男が現れた。その傍らで、のっぽの男が腰をかがめ、清盛の方を見ながら、海坊主に何事かをささやいている。

その話を聞いているうちに、海坊主の頬に酷薄そうな笑みが浮かんだ。海坊主は何度かうなずきながら、面白そうに清盛を見つめた。やがて、話が終わると、

「俺がここの胴元だ。無道《むどう》という」

海坊主は自ら名乗り、清盛の前にやって来た。

「俺は名乗らねえよ。っていうか、俺の正体なんて、もう分かってんだろ。ただ、俺はお前らにかどわかされた女を買い戻しにきた。金なら払う準備ができている。検非違使に報告する気もねえよ。俺の女さえ返してくれりゃあな」

「おいおい」

無道がうっすらと笑いながら、手を横に振ってみせた。

「ここまできて、金を払って帰るってこたあ、ねえだろ。お前さんだって、ここの流儀についちゃあ、まるで知らぬってわけでもあるめえ」

「博打の勝負をしようっていうなら、それでもかまわねえよ」

清盛は動じずに言った。

「じゃあ、決まりだな。ま、入っておくんなさい」

無道は言って、清盛を中へ入れた。清盛が両足を賭場の中へ踏み入れるなり、後ろで戸はただちに閉じられた。頬に傷のある男が、すでに清盛の後ろを固めている。

「手短に言う。お前さんが勝ったら、女を返す。うちが勝ったら、女も返さず、お前さんの用意してきた金をもらう」

無道が清盛を案内しながら言った。

「ついでに、俺の命ももらうって算段だろ」

清盛は言ったが、無道はにやりと笑っただけであった。

「ここでは、双六、四一半、七半をやってるが、うちの壺ふりと勝負してもらうのは七半だ」

清盛はうなずいた。

やがて、無道は莫蓙《ござ》の上に腰を下ろした壺ふりの男の前まで来て止まった。

「こいつは、壺ふりの俊影《しゅんえい》と言うんだ。若《わ》えが、この賭場一の凄腕だぜ。ま、楽しんでくれや」

俊影は壺ザルを手に、もろ肌脱いだ格好で腰を下ろしていた。無道の言葉に、ちらりと清盛を見たが、何も言わず、蒼白い端整な顔を少しも崩さなかった。

七半では、二つのサイコロの目の合計が「丁」か「半」かに賭ける遊び方の他、合計数が「七」となる目にも賭けることができた。「七」が出れば、かけ金の半分を利益として受け取れることから、七半という。

壺ふりと客との対面勝負では、役を競い合うことになる。

役は、合計数「七」を出す目、その上がゾロ目となる。ただし、共に役なしならば、半よりは丁が勝つ。いずれも同じ役であれば、合計数の高い方が勝ちだ。

ただし、例外が一と一のゾロ目で、六と六のゾロ目よりも強い。これは、「一」が天を表し、「六」が地を表すところから、地よりは天が上という考えによるものであった。

無道から役の説明を受けた清盛は、おもむろにうなずいてみせた。

「なら、この若さんに壺ザルを持ってきてやんな」

無道が後ろに控えていたのっぽの男に言った。のっぽは奥の棚へ行き、そこから空いている壺ザルを三つばかり持ってきて、莫蓙の上に並べた。

「好きなのを選びな」

どれも同じように、藤のつるを編んだもので、中には綿が敷かれていて、サイコロが弾みやすいようになっている。選ばせるのは、仕掛けがないことを確認させるためであった。

清盛は無造作に一番近い壺ザルを取り上げると、中を改め、サイコロを入れて、一、二回振ってみた。

「これでいい」

「それじゃあ、俊影と壺ザルを交換して検《あらた》めてくれ」

無道の言葉に従って、清盛と俊影は、互いの壺ザルの中身を確かめ合った。それから、俊影は座を移し、清盛と向かい合って座った。

「三回勝負だ。二回高い役を決めた方が勝ち。いいな」

無道の言葉に、俊影は無言で、清盛はああと短く答えた。

「なら、始めるぜ。床に伏せた壺ザルは動かしちゃなんねえ。同時に置く必要はねえが、開《あ》けるのは同時だ。いくぜ！」

胴元である無道の掛け声の下、七半の対面勝負が始められた。


隠岐爺はゾロ目を出すのが得意だった。それで、仲間たちとする素朴な博打では、しこたま儲けているようであった。

隠岐爺は一緒に暮らしている童子が、面白がって壺ザルをいじるのを、あえてやめさせようとはしなかった。それどころか、童子がゾロ目の出し方を教えてほしいと言うと、ちょっとしたいくつかのコツを教えてくれもした。

サイコロを入れる時のやり方、振り方の角度の決め方——これはいつも同じようにして、一寸たりとも動かさないようにするのが大切だと、隠岐爺は言った。また、壺ザルの中で転がしている時の音の聞き方——名人になれば、その音を聞き分け、自分の思うような目を出すことができるらしい。

また、いかさまのやり方もあった。

壺ザルは藤のつるでできていたから、ちょっとした隙間を作るのは、うまくやれば不可能ではなかった。その本当に細い隙間から、針のようなものを通して、壺ザルを持ち上げる時に、こっそりと目を変えてしまう。そんな方法もあった。

壺ザルを伏せる直前に、隠し持っていたサイコロとすり替える方法もあったし、壺ザルを開ける時にすり替える方法さえあった。

　これらは手先の器用さがあれば、たゆまない努力によって、身につけることが不可能ではない。特に、小さい頃から仕込まれていれば――。

　童子は五歳の時、隠岐爺にやり方を教えてもらい、その後も都の賭場に出入りして、腕を磨き続けてきた。


――いかさまは、決して見とがめられない自信がなけりゃ、やらないことだな。それより、サイコロの声を聴くんだ。心を無にしろ。そして、天のお告げが聴こえた時、壺ザルを置くんだ。そうすりゃ、妙見さまがお味方してくださるさ。

（隠岐爺！）

　清盛は眼を閉じて耳を澄ませた。

　賭場の喧騒は突然消えた。

　清盛の耳には、隠岐爺の声だけが聞こえてくる。

　今の腕前では、自分の望む目を出せるのは、十回振ってせいぜい六回といったところだろう。それでも、意識を集中させて振った時と、そうでない時では、明らかに目の出方が違った。

　いや、本当に集中して雑念なく振れば、七回くらいは望む目を出せるかもしれない。

だが、ふつうの人間には、雑念をなくすことが無理なのだった。

（どうすればいい、隠岐爺！）

清盛は隠岐爺の面影を頭に描いた。それは、現れたかと思った途端、煙のように掻き消えてしまった。あっと思った瞬間、清盛は上も下も右も左も分からぬ、真暗な世界にいた。

（ここは、どこだ！）

焦って首をあちこちに動かし、何か見出そうと必死に眼を凝らした時――。

清盛は、小さな明かりを見つけた。それは、夜空にたった一つ浮かぶ星のようであった。光は次第に強さを増してゆくようだ。

（あれは……北天の星）

妙見さま！

清盛は自分でもそうしたという意識がないままに、壺ザルを茣蓙の上に置いていた。

はっと気がつくと、緊張する人々の息づかいや、ごそごそと落ち着かなく動く衣擦れの音など、現実の物音が流れこんできた。

清盛の額から、すうっと汗が流れ落ちた。

俊影もすでに壺ザルを伏せている。

「二人とも、そのまま離れてくれ」

無道が言った。一回ごとに胴元が検める決まりなのだという。

胴元は明らかに俊影の味方だ。不正が行われるのではないかと、一瞬、不安が兆したが、清盛は黙って従った。

無道はまず、俊影のザルを開けた。サイコロには触れず、その目を口に出して読み上げる。

「五と二、七の目だ」

いきなり役つきである。清盛は唾を呑みこんだ。俊影の方は表情を変えない。

次に、無道は清盛のザルを開けた。無道が読み上げるまでに一瞬の間があった。

「二と二、ゾロ目だ」

賭場中の客たちは、もはや自分の賭け事も忘れて、俊影と清盛の対面勝負に注目していたが、無道の声を聞くなり、わあっと昂奮した声が上がった。

「……若さんの勝ちだ」

無道の無念そうな声が喧騒の中で、清盛の耳に届いた。

（ああ、隠岐爺……）

清盛は胸に安堵の息を漏らす。だが、同時に言いようのない不安も芽生えていた。

今ほどの集中力を、もう一度、出すことができるだろうか。俊影は玄人であり、次は本気でかかってくるだろう。

清盛はちらと俊影の顔色を窺った。この男は初めから、何事にも動じることがないといった様子で、今も負けたというのに表情一つ変えはしない。

間もなく、無道の掛け声で二回目の勝負が始められた。

同じようにして壺が振られ、壺を置いた後、清盛と俊影はその場を離れた。一回目と同じように、無道が中身を検める。

俊影は三と四の目——合計七の役を出した。一方、清盛は役なしだった。俊影はこの時もやはり、無表情のままである。

これで、勝負は一対一、最後に持ち越された。

(やっぱり……か)

一回目ほどの集中力が出せず、清盛は気持ちの面で負けていた。

ちらりと俊影を見ると、その蒼ざめた顔を、一瞬、凄味のある笑みが掠めた。

だが、沙耶を救い出すために、次はどうしても、勝たなければならないのだ。

(俺はどうしたらいい、隠岐爺!)

いかさまをやるしかないのか。ばれてしまう危険があるとしても——。

「さあ、座についておくんなせえ」

無道に言われて、清盛ははっと我に返った。決心がまだつかぬまま、のろのろと勝負の場に戻る。

（隠岐爺――）

清盛は祈るように、心中でその名を叫びながら、壺ザルとサイコロを手にした。サイコロを持つ手がおかしくなくらい震えて、うまく壺ザルの中へ入らない。そんな自分を嘲笑しているのではないかと、無道や俊影の視線が気になってならない。

その時、

「ちょいと、待ちな！」

威勢のいい女の声が凛と響いて、賭場の戸口がぐいと横に押し開かれた。

三

女は入ってくるなり、羽織っていた小袖を脱ぎ捨てた。中は、黒地に金の紋様を浮かせた男物の直垂《ひたたれ》に、真紅の袴という出で立ちである。

女はおそろしく艶《なまめ》かしかった。

厚い化粧が念入りに施されており、一見して遊女であると分かる。

清盛はそれが誰だか分からなかったが、不思議とどこかで会ったような気もしていた。ところが、その女の後ろから、まるでお付きのごとく従ってきたならず者たちを見て、仰天した。

それは、面が割れているかもしれないので、この賭場に出入りするのは危険だと言っていた陳と栖庫裏であった。

陳と栖庫裏は賭場に入ってくるなり、手にしていた水のようなものを、賭場の茣蓙の上にぶちまけた。茣蓙はみるみるうちに水を吸いこんでゆく。

だが、それがただの水でないのは、ただちに分かった。それは、臭いの強い魚の油だったのだ。

「何しやがる！」

無道が噛みつくように叫んだ。

「ずいぶんなご挨拶だねえ」

女は莫迦にした様子で言い返した。

「あたしは、四条で遊女屋を仕切ってる長者の榊ってもんさ。そいつは、うちの若い衆だよ」

清盛を顎でしゃくってみせながら、女は先を続けた。

「この最後の勝負、あたしに譲ってもらおう」

女は決まったことのように言った。

「何だって！　これはこの若さんとうちらの勝負だ。途中で変更するのはあり得ねえよ」

「あんたらがこの先、何を考えていたか、あたしにはお見通しなんだよ」

榊は鋭い眼差で、無道をねめ据えて言った。

「どういう意味だい」

「あんたら、うちの若い衆の出た目に、いかさまだってケチをつけるつもりだっただろう」

「一体、何を証拠にそんなでまかせを――」

「そもそも、検め役を胴元が続けて三度もやるってのがおかしいのさ。うちの若い衆はちょいと抜けてるからねえ。そこんとこ、文句つけなかったみたいだけど、この榊さんの眼はごまかせないよ。そう言うんなら、勝負するのはうちの若い衆でいいから、検め役はあたしらの方で出させてもらうよ。それが公平ってもんだからね」

無道は何も言わず、ずいと足を進めて榊との距離をつめようとした。

「待ちな」

榊は動じることもなく、威厳のこもった声で、無道の動きを制した。

「ここにまいた油に火を点けりゃ、この賭場は終わりだよ。それに、この建物の周りも、うちのもんで固めさせてもらった。外にも薪を積み上げて、油をかけさせてもらったから、一度、火が点いたらもう、消すことは無理だろうねえ」

「俺たちを脅そうってていうのか、女」

「まあ、そういうことさ」

榊は嘲るように笑ってみせた。

「どうするんだい。こっちの条件を呑むのかい、呑まないのかい」

陳と栖庫裏が、いつの間にか手にしていた灯台の火を、見せびらかすように動かしてみせた。

「分かった。三回目の勝負はあねさんに譲れって言うなら、それでいい。ただし、検め役は胴元の俺だ。それでいいか」

「ああ」

女は言い、清盛の方を見やると、かすかにうなずいてみせた。清盛にはもう、それが誰なのか分かっていたが、気圧されてうなずき返すこともできない。

「俊影もそれでいいな」

無道が壺ふりの俊影にも声をかけた。俊影はうなずいたが、その時、初めて、

「ただし、条件がある」

と、低い声で口を開いた。

「壺ザル二つでやるんだ。それでもいいか」

「ああ、かまわないよ」

榊は無道を通さず、直接答えた。

壺ザル二つ、サイコロ四つの勝負である。壺ふりは左右両手に壺ザルを一つずつ持ち、二つをいっぺんに莫蓙の上に伏せる。

勝負の決め方は、サイコロ二つの時と同じだが、高い役の方は少し複雑になった。ゾロ目が一種類出たもの、四つのサイコロのうち、三つが同じ数のもの、ゾロ目が二種類出たもの、四つのサイコロの出た数がすべて同じもの、という順で、役は高くなってゆく。

そして、一番高い手が、一の四つぞろえ——四天王と言われる役であった。

「あたしはねえ」

榊は莫蓙の方へ向かって歩き出しながら、にやりと笑ってみせた。虹色の光が口許からふりこぼれたかと思うほど、凄艶な笑いであった。

「ゾロ目より下の目は出したことがないんだよ」

榊の笑みを向けられた時、俊影が少したじろぐような顔を見せた。何といっても、俊影は若い。榊は厚化粧のため、齢のほどは分かりにくいが、それでも年季の入った様子がうかがえる。

榊は片膝を立てて座ると、背筋をすっと伸ばして、壺ザルを両手に取った。サイコロを入れ、左手よりも右手を高く振り上げる。

その時、直垂の袖から白い二の腕が露《あらわ》になった。

そのあまりのまばゆさに、男たちが固唾《かたず》を呑んだ。賭場が一瞬、静まり返る。

榊の壺ザルの中で、サイコロが男たちをからかうように、からからと鳴っている。

榊が、やあっ、という気合と共に、壺ザルを莫蓙の上に伏せた。

四

祇園女御——今は榊という名の遊女に扮している彼女は、海坊主の無道に案内されて、荒れ果てた家の前に立っていた。今は誰も住まなくなった廃屋らしい。

平安京の外へ出てしまえば、そんな家はあちこちに打ち捨てられていた。どうやら、沙耶はそこに閉じこめられていたようだ。

無道は押し黙って錠を開け、中へ入るよう、榊に顎で示した。

その後ろには、陳が短刀を無道の背に付きつけて立っていた。

三回目の勝負を決めたのは、榊であった。

俊影は、清盛を相手にしていた時とは比べ物にならぬくらいの真剣さを見せた。無表情は相変わらずだが、眼つきの鋭さが違う。そして、俊影は見事に、五の三つぞろえを出した。

しかし、この時、榊が出したのは、人が一生の間に見ることもできないとも言われる四天王の目であった。

「あたしにはね、妙見さまがついてるんだよ」

榊は勝ち誇って言い、清盛の身を救った上に、沙耶——という名は出さなかったが、自分の世話する娘を返すよう要求した。

この時、ちょっとした騒ぎがあった。頬に傷のある男が、火を持った栖庫裏に跳びかかろうとしたのだ。火の脅威さえなくなれば、榊や清盛など、どうにでもなると踏んだのだろう。

だが、この時は陳が男の手を蹴り上げ、事なきを得た。榊は外に連れて来ていた男たち——それは、陳の子分たちであったが、彼らを数人入れて、賭場にいた連中をすべて縄で縛り上げさせた。

そして、陳だけを供に従え、無道に沙耶のいる場所まで案内させることにしたのである。他に一人、陳の子分に馬を牽かせて付いてこさせた。

清盛が自分も行くというのを、榊は厳しい口調で斥けた。また、自分たちが一刻経っても戻ってこなかった場合、遠慮なくこの賭場に火をかけて、中の者たちを全員焼き殺すよう、榊は栖庫裏たちに命じたのであった。

榊は松明の火を、用意してきた紙燭に移し、建物の中へ一人で入った。

中には、女たちしかいないという無道の言葉を、そのまま信じたわけではないが、無道を人質に取っている強みがある。

「助ける女は、あんたんとこの一人だけだぞ」

無道は榊の背に、噛みつくように怒鳴った。ここに押しこめられているのは、皆、不当なやり方でかどわかされてきた女たちなのだろう。

哀れだとは思ったが、ここは沙耶を助けることだけに集中しようと、榊は決めた。

中は真暗で、火も点《とも》されていない。それとも、夜更けだというので、皆、寝《やす》んでいるのだろうか。

足許を照らしながら中へ入って行くと、胸焼けのしそうな饐えた臭いが、つんと鼻をついた。

榊は息をつめて、奥の方を照らし出した。横たわった人間がうごめいている様子が、何とも不気味な感じに映し出された。

よく耳を澄ませてみれば、咽び泣いているような声も聞こえる。

「沙耶さん」

榊は呼んでみた。が、返事はない。

しばらく待ったが、榊は心を決めて、中へ入りこみ、床に転がるように寝ている女たちの顔を、一つ一つ確認してゆくことにした。

都でかどわかした女はすべてここに押しこめているという、無道の言葉が本当なら

それが、ならず者たちの気性に通じてもいれば、話も分かり、度胸もある。事情をすべて聞き出すなり、清盛を救いに行くよと啖呵を切った時には、思わずお供させてくださいと、陳は自ら言い出していた。

その上、遊女屋の長者に化けた格好ときたら、生まれてからずっと遊女だったのではないかというほど、さまになっている。

（並みの女じゃない）

すっかり女御に恐れ入っていた陳は、その命には四の五の言わず、

「戻るぞっ！」

無道を小刀で脅しつけると、引っ立てるようにして踵を返した。

馬を引いてきた陳の子分が、その手綱を近くの木に結びつけ、陳たちの後について行く。この馬は、女御と沙耶が帰るのに使うものであった。

「ご無事ですか」

男たちが行ってしまうと、女御は沙耶を馬の近くまで連れて行き、その脇に座るよう勧めた。

「にょ、女御さま……」

沙耶は言い、ようやく心を動かす術を思い出したといったふうに、肩を震わせて泣き始めた。女御はその間、沙耶の背を静かに撫でさすりはしたが、何も言葉をかけよ

うとはしなかった。

沙耶の嗚咽はしきりに高まっていった。しばらくすると、突然、沙耶の上半身は痙攣したように、大きく震えた。

「どうしましたか」

女御は沙耶の身を抱きかかえようとしたが、その手は意外にも激しく振り払われ、沙耶は苦しげに上半身を折り曲げると、その場に吐瀉した。

あまり物を食べていなかったらしく、水っぽいものしか出なかったが、沙耶は苦しそうだった。そうはいっても、その場には飲み水もない。女御は布で沙耶の口許を拭うと、その身を今度はしっかりと抱きかかえた。

「わたくしがここで、どのようなことをされたか、女御さまには分かっておられるのでしょう」

ややあってから、沙耶は別人のような暗いしゃがれ声で呟くように言った。

女御は答えなかった。

「あの海賊どもは、かどわかした女を売る前に犯すのです。わたくしだけではありませんでした」

その恐ろしい告白は、感情のこもらない淡々とした口調で述べられた。それがかえって、女御には痛ましく聞こえた。

だが、それまで不自然なくらい淡々としていた沙耶は、

「わたくし、抜丸を鞘から抜いてしまったんです！」

と、突然、胸の底からこみ上げてくる激情のまま叫んだ。そして、両腕で我が身をかき抱くようにしながら、ぶるぶると震え出した。

たまらなくなって、女御はもう何も言うなというように、震える沙耶の身を激しく抱いた。

「女御さまあっ！」

沙耶は再びしゃくり上げた。

「清盛さまから、決して鞘を抜いてはならぬと言われていたのに……」

泣きじゃくりながらも、沙耶は訴えずにはいられぬという様子でしゃべり続けた。

「その時、はっきりと悟りました。わたくしはもう、清盛さまにはお会いできないだろうと――」

「もう何も、おっしゃいますな」

女御もまた、幾筋もの涙をしたたらせながら、泣いた。

そうして、しばらくの間、女たちは掛け合う言葉もなくしたまま、ただひたすら泣き続けた。やがて、沙耶の泣き声が静かなすすり泣きに変わっていった時、女御は空を見上げた。

どうしても、今、見たいものがある。

女御は泣き濡れた眼を手の甲でこすり、涙を振り払うと、じっと夜空に眼を凝らす。

それは、あった。

雲さえ出ていなければ、それはいつでも、空の同じ場所にあって、地上を照らし出してくれる。

「沙耶姫よ」

女御は優しく声をかけた。

「落ち着いたら、あの北辰を眺めてごらんなさい。私たちの身に何が起ころうとも、変わらぬ光で輝き続ける星がある」

「清盛さまの星でございますね」

沙耶は涙をこらえて言い、言われた通り、空を見上げた。涙に濡れた眼は、しばらくの間、視界がぼやけていたようだが、

「おお、見えますわ。北天の星が……」

ややあって、沙耶は今宵初めて、少し明るい声を出した。だが、再びあふれ出てきた涙をこらえかねたように、静かにすすり泣いた。

「あの星は、いつでもあそこにあるのです。沙耶姫が空を見上げれば、いつでも――」

「ええ、ええ。女御さま……」

沙耶は少女のように、何度も何度もうなずいてみせた。

「ご心配にはおよびません、女御さま」

やがて、沙耶は涙を完全に押しこめると、女御の顔をまっすぐに見つめた。その顔は汚れ、涙の跡も消えていなかったが、瞳は星の光で洗われたように美しかった。

「わたくしは、弱い女ではありませぬ」

沙耶は懸命に言った。そして、もう二度と泣くまいと唇を噛みしめた。

けなげな姿に、女御の方が思わず涙ぐむ。

「そうでしょうとも！」

女御は大きくうなずき、もう一度、沙耶の躯を優しく抱きしめた。

「そなたは私に似ておられる。私もまた、そなたと似たような目に遭いましたが、こうして生き抜いてきたのですからね」

「わたくしは、前関白さまの許へ帰ります」

沙耶の声に迷いはなかった。

「……そうですか」

女御は止めなかった。

「清盛さまには、もう二度とお会いしませんが……」

沙耶の眼差は一度下へ落ちた。が、気力を振りしぼるようにして、沙耶は夜空をじっと見上げた。

「沙耶は命ある限り、北天の星を見つめていると、お伝えください」

震える声が春も間近な夜空に、吸われてゆく。

星の光がにじむ前に、沙耶は固く瞳を閉じた。

海賊討伐

一

沙耶姫は前関白の邸へ帰った。

二度と清盛には会わぬと言っている――その話を、清盛が祇園女御から告げられたのは、さまざまなことのあった一夜が明けようとする頃であった。

祇園の御所で、女御と沙耶の帰りをまんじりともせず待っていた清盛の前に、現れたのは女御一人であった。

清盛はまだ賭場に乗りこんだ時の格好であったが、女御はすでにいつもの装束に変わっていた。

「どういうことです。沙耶が帰らないとは！」

清盛は血走った眼を向けて叫んだ。

「その通りの意味じゃ。沙耶姫はもとより摂関家のお方」

「沙耶はその暮らしを嫌って、ここへ来たはずだ。沙耶がそんなことをするはずがないっ！」

清盛はすでに腰を浮かしていた。すぐにでも、鴨院に乗り込んでいきかねぬ勢いである。その背中へ、

「沙耶姫はもはや、そなたの手の届くお人ではない」

女御は容赦なく言った。清盛の足が不意に止まる。振り返って女御を見据えたその眼には、憎しみがこもっていた。それを鋭く見返しながら、

「そなたふぜいが、摂関家の姫君を妻にできるとでもお思いか」

女御は静かに問う。

「なら、私が王にでもなれば、沙耶は戻ってくるとでも！」

泣き叫ぶような清盛の怒号に、女御は返事をしなかった。

沙耶の身に起こったことについて、女御は最後まで語らなかった。

清盛があえて聞き出そうとすることもなかった。その後、沙耶について、清盛が口に出すことはなくなった。

それから間もなくして、章子もまた女御の許を去って行った。

保延《ほうえん》元（一一三五）年が明けた。清盛、十八歳――。

朝廷は、ますます狼藉の激しくなる海賊の討伐について、誰を派遣するべきか揉め

ていた。

河内源氏の棟梁源為義《ためよし》か、伊勢平氏の棟梁平忠盛か——朝廷の意見はなかなかまとまらない。

そして、その年の四月に入ってようやく、朝廷はこれまでの功績を買って、平忠盛に海賊討伐の命を下した。

「西国一帯にはびこる海賊、近江禅師源智とその一味を一掃してまいれ」

これまでにない強い命令であった。

朝廷が何の対策も講じないでいる間に、源智らはすでに都から逃亡していた。行き先は本拠地の瀬戸内海という。

忠盛は朝廷の命が下る時のことを考えて、平家貞を偵察のため西国へ送り出していた。その家貞からの報告が届いたのは、五月に入ってからである。

「いったん讃岐まで落ち延びた後、船を仕立てて東進する動き。再び上洛を企てていると見えます。船は約五十、賊の数は五百はゆうに超えております」

すでに、忠盛の方では出陣の仕度が調っていた。だが、船の用意はない。

「西国配下の武士たちから、集められるだけの船を集め、源智らを追跡するように——」

忠盛は家貞への伝令に素早く指示を与え、自らは二日後に出陣すると述べた。

「私も、出陣させてください！」

沙耶の一件の後、引きこもりがちだった清盛は、曹司から飛び出してきて叫ぶように言った。

海賊討伐の出兵を断られて以来、再び忠盛とは口を利かなくなっていたのだが、この時、清盛は再び、忠盛の前に手を付いた。

（あの折は、焦りばかりが際立って、冷静さの欠片もなかったが……）

今は違うと、忠盛は息子を見た。

真剣さは変わらない。だが、清盛の両眼には、今、かつてはなかった暗い炎が宿っていた。

復讐――のつもりなのかもしれない。大事な人を助けたいと言っていたのを思い出し、忠盛は清盛の中に起きた変化を読み取っていた。

情念は力を呼び起こす。

清盛はおそらく以前よりも、強くなっているだろう。だが、復讐にとらわれた荒ぶる力は、戦場では命に関わる危険ともなる。武芸の腕前は優れていたが、清盛はまだ一度も戦場に出た経験がない。

「今回はやめておけ」

忠盛は言った。

「何ゆえですか」

「大海賊を鎮圧せねばならぬのだ。つらく過酷な戦いになる」

「ならば、なおのこと、お連れください。私も十八、初陣するのに早すぎる齢ではございませぬ」

そう攻められると、切り返すのが難しくなる。

「そなたは辛抱強さに欠けている」

忠盛は指摘した。

「かっとなると、己を抑えられなくなる。この度の敵とは因縁もありそうだ。ゆえにこの度は遠慮せよ。機会はまためぐってくる」

「決して勝手な行動は取りません。それに、私は冷静です」

確かに今は冷静に見える。怨念も胸の内深くで燃えているだけだ。だが、敵を目の前にすれば、何をしでかすか分からないと、若すぎる息子の顔を見ながら、忠盛は思った。

「父上は、私の無念を分かろうとしてくださらないのですか」

忠盛ははっとなった。

分からないのか――と、詰問されるより、ぐっと胸にこたえた。

――父上が分かろうとしてくださらないのは、私が実の息子ではないからですか。

清盛の眼差は暗く燃えていた。

(そんなことはない。それに、私は分かっている。大事なものを失う無念は、誰よりも——)

忠盛は眇の奥が、鈍く痛むのを感じた。

——父上は、榊と由比を売ったのですね。

——由比は私のものだ。

そういう情念は、かつて自分と無縁のものでもなかったのだ。そのことを忠盛は思い出していた。

「出陣を許そう」

忠盛は右の眼をまっすぐ清盛に向けて言った。

「感謝いたします、父上っ!」

清盛はぴんと背筋を伸ばして言うと、再び頭を下げた。

「ただし、私の命令に逆らうことは許さぬ。よいな」

「かしこまりました」

顔を上げた清盛の眼と、忠盛の眼が合った。黒い炎のように燃え上がった眼を、清盛は先に父からそらした。

二

忠盛率いる平家の軍勢は、播磨、備前、備中を、山陽道を海沿いに西へ下った。総勢六百――これは、当初、家貞から聞いた海賊の数よりは多いが、敵側も徐々に在地の海賊たちを加えているという話であるから、場合によっては互角になる。

「都にいる家の子、郎党たちばかりでなく、地方の者をお呼びにならないのですか」

清盛は意見したが、これ以上増えると、補給が難しいと、忠盛から一蹴された。

「我らは、武具から食料まですべて自前でまかなわねばならぬのだ」

朝廷はそうした援助を一切しない。海賊を討ち果たせば褒賞が出るが、そのためにかかる費用は自分たちで負担することになっていた。

だから、必要以上の兵士を動かすことは、自らの負担を重くするだけであった。

（朝廷が費用を出さないのは、理不尽ではないのか）

と、清盛は内心で思ったが、それを口にする前に、

「そういう慣習なのだ」

忠盛は感情を交えず淡々と言った。

忠盛の軍勢が、先発した家貞と合流したのは安芸国であった。

家貞は、忠盛の背後にいる清盛と、その供として付いてきた貞能の顔を見るなり、おやという顔をしたが、それについては何も言わず、

「源智らは、この辺りの反勢力と戦いながら、東に向かっております。都か、もしくは自らの故郷である近江を目指しているのではないでしょうか」

と、先に変わらぬ報告をくり返した。

さらに、源智らはやはり船で移動しているという。だから、西へ向かう忠盛らと鉢合わせしなかったのだ。二人はさらに情報を交わし合った後、

「我らはここで船を調達し、乗れる者だけで源智を追う。船に乗れなかった者は陸路、東を目指す」

忠盛は方針を示した。

忠盛の本陣に合流した家貞は、その後、清盛の傍に付くことになった。

「若君の初陣でございますな。手柄を立てていただかねばなりませぬぞ」

くわしい事情を何も知らぬ家貞は、人のよい笑みを浮かべて、清盛を見る。

「もちろんさ」

忠盛には聞こえぬように、清盛はうなずいた。

「敵の首領の首を、俺が取ってやる」

勢いこむ清盛の姿も、家貞には勇猛な若武者ぶりに映った。

「その意気込みでございますとも」

と、満足そうに言い、我が子の貞能に対しても、

「しかと若君をお守りせねばならぬぞ」

と、言葉を添えた。

貞能はくわしい事情までは知らぬものの、最近の清盛の鬱屈を知っている。それに、今度の海賊たちが絡んでいることくらいは、教えられなくても察していた。

「……はい」

父がこれ以上、清盛を煽らなければいいが――と、ふと不安に思いながらも、貞能はしかとうなずいていた。


船の調達には時間がかかった。

西国にはかつて忠盛が従えた海賊たちがいる。彼らは進んで船を提供しようとしてくれたが、源智らに焼き払われたり、壊されたりしたものも多かった。

安芸国で思ったほどの船が集まらなかった忠盛らは、二手に分かれ、海路と陸路で東を目指した。途中、備中、備前でも落ち合って、再び船の調達に励む。

（こうしている間にも、源智はどんどん遠のいてしまうのに！）

清盛は忠盛ののんびりしたやり方が気に食わない。さっさと陸路で東進し、敵の上

陸しそうな浜辺で待ち受けた方が効率的ではないのか。敵がいつまでも海上にいるわけではないのだ。

そうしたことも進言したが、敵の上陸位置が分からないのに、闇雲に動くわけにはいかないと言い返されるだけだった。

(だが、俺たちは都を出てからもうひと月以上、食糧と船の調達しかしていないじゃないか)

敵の影など一つも見ていない。

五月に都を出てから、安芸国で折り返し、備中国で七月を迎えた。

それでも、ようやく備前国で合計五十余りの船を調達でき、忠盛と清盛はそこから船で海路を進むことになった。

備前国の隣は播磨国である。続く摂津国には、都人たちにも知られた港が多くあった。

忠盛は播磨沖に達すると、水陸両方に斥候を放って、源智らの情報を集めた。源智らの船団を見たという漁師や、略奪を受けた村の情報などが続々と入ってきた。

「どうやら、源智らは我らの追跡を知り、この辺りの廃村に身を潜めたらしい」

摂津国に源智らの姿を見た者がいないことから、彼らが潜伏しているのは播磨国内と思われた。

「もしや、それは……」

清盛はぶるっと身を震わせた。忠盛はおもむろにうなずいてみせる。

「和田浜が怪しい。ただちに船を向かわせよう」

忠盛は素早く方針を決めた。清盛は船旅で浅黒く焼けた顔を、厳しく引き締めた。

暦は八月に入っていた。

八月十五日の夜を、清盛らは海上で迎えた。

日が沈むとほぼ同時に、東の海から丸い月が昇り始めた。清盛は甲板に立ち、燻された銀色の月を見つめていた。

出陣してから三ヶ月ほど経った。その間、こうして満月を見る機会も、二度ばかりあったはずだが、その日の記憶はまるでない。満月は無論、それ以外の容《かたち》の月もしみじみと見つめたことはなかった。

（沙耶……）

戦うことばかり考えてきた心の隙に、面影が忍びこんできた。

（お前を苦しめた代償は、俺が明日、きっちりと奴らに払わせてやる）

月の容がいつしか恋しい少女の顔に見えた。沙耶は何か言おうとするように小首を傾げ、少し悲しげな瞳で清盛を見つめてくる。だが、何を伝えようとしているのか、清盛には分からなかった。

その時、清盛は背後に人の気配を感じた。振り返ってみると、忠盛であった。

「間もなく、和田浜が戦場になる」

忠盛は清盛の脇に立って言った。その右眼は月を向き、左の眇が清盛を見つめていた。

「明日にも、攻め込むのでしょう」

清盛も満月を見上げながら訊いた。それはもうただの月にしか見えなかった。

「いや、明日は無理だろう。陸路の兵が追いつかぬ」

「では、いつならば追いつくのです」

「あと二日はかかるだろうな」

鷹揚な口ぶりで、忠盛は言う、清盛はかっとなった。

「その間、我らはここで待つというのですか」

「そうなるだろう」

「その間に、源智らに感づかれてしまったら――」

「だからこそ、距離を置いて停泊している」

忠盛は淡々と切り返した。それから、右眼を清盛に向けると、

「そなたは出陣する前、私の命令には従うと約束したはずだ」

忠盛は静かに言った。清盛はぐっとつまって返事をしない。

「この戦で、失敗はできぬ」

そう言ってから、忠盛は清盛に背を向けた。その右眼も眇も、もう清盛を見てはいなかった。

「もし失敗すれば、私のせいで、この任に就けなかった河内源氏の為義殿にも顔向けできぬ」

だから、確実に勝てる方法しか採らないと言いたいのだろう。だが、清盛にはそれが歯がゆくてならない。

「そなたの眼には、私が慎重に過ぎる臆病者、朝廷の意に汲々としている小心者に見えるのだろう。だが、そうして生きてきたからこそ、私はここまでやってこられた。そして、昇殿が許されたのだ」

昇殿という言葉が突然出てきたことに、清盛は面食らった。

昇殿とは、帝の住まう清涼殿へ出入りすることである。それが許されるのは特権階級だけであり、武士階級の者が許されることはめったにない。正盛は生涯、それを望みながら、果たせぬまま死んだ。

「その折の宴で、私は公家連中にはやし立てられた。伊勢瓶子《へいし》（伊勢産の徳利）は酢《す》瓶《がめ》なりけり――となる。私が眇であることをからかったのだ」

「父上……」

「眇のことを言われるなど何でもない。されど、それでも彼らに何も言い返せぬのが、我ら武士だ」

「されど、父上はその時、銀箔を貼った木刀を引き抜いて、公家連中を黙らせたではありませんか。それをお聞きになった上皇さま（鳥羽院）は、帯刀の許されぬ宮中において、実に賢い行いであったと、父上をお褒めになられたとか」

「聞いていたのか」

「爺が……得意げに話してくれましたので――」

「そうか。家貞は私の供をしてくれたのだ」

忠盛は少し楽しげな声を出した。

「だがな、私にできるのはそこまでだった。まことの刃で脅すことは、私にはできん」

「何ゆえ、そのような話を、今、私になさるのですか」

清盛は父の意図をつかめぬまま、そう尋ねるしかなかった。

「さて、分からぬ。ただ、話しておきたくなっただけだ」

忠盛自身、自分の心をいぶかしんでいるような物言いだった。

「今はこういう時代じゃ。武士には生きにくい世の中であることは否めない。だが、今の状況を考えてみよ。都の朝廷の頭を悩ませている要因を、打ち払うことができるのは我々武士じゃ。我々がいなければ、彼らは何もできぬ。このことも覚えておくとよい」

「時代は変わる、父上はそうおっしゃりたいのですか」

「そうかも……しれぬ」

忠盛は自分の心を量りかねたように、ぼんやりと言った。

白河院に愛する女を奪われ、自らの身さえ差し出した屈辱は忘れられない。

それでも、不思議なことに、白河院を怨む気持ちは湧かなかった。

忠盛は海の上に浮かぶ月を、もう一度見上げた。

それを、時代の所為と思うのは、安直にすぎるだろうか。

だが、治天の君ともあろう人を怨むなど、忠盛にはとうてい出来ぬ業《わざ》であった。

たとえ身近に言葉を交わし、肌に触れることがあったにしても、治天の君が雲の上の人であることに変わりはない。

祇園女御にしても、由比にしても、そうだったろう。それが自分たちの時代だった。

(清盛の時代は、それも変わってゆくのだろう)

漠然と、そういう予感がある。

父正盛の時代には、昇殿を果たすことさえ夢のまた夢だった。その夢を忠盛は果たした。

（私は公卿に昇れぬかもしれぬが……）

清盛が自分の齢になった頃には、大臣にもなっているかもしれない。

忠盛の表情に、我知らず笑みが浮かんだ。それを、清盛が納得しかねた表情で見つめていた。

海上の月はいつしか、黄金をまぶしたような色に輝いていた。

三

「賭けだ」

清盛は呻くように言い、止めようとする家貞の手を振り払った。

「俺が乗り込んだと知ったなら、父上とて、兵を動かす気持ちになってくださるかもしれん」

十六日未明、夜明けにはまだ間のある時刻、清盛は自分一人だけでも船を動かして、源智の首をあげに行くのだと、言って聞かなかった。

「それでは、殿のお心を試すようなものではありませぬか」

家貞が振り払われてもなお、執拗に清盛の袖をつかみながら、必死に言った。

「だから、賭けだって言ってるだろ。父上が動かないでも俺が源智の首を取れりゃ大当たり、父上が動いてくれれば、ふつうの当たり、父上が動いてくれず、俺が源智に殺されれば、ただのはずれさ」

清盛は投げやりとも聞こえる口ぶりで言う。家貞はついに怒りを爆発させた。

「若君！　合戦は博打ではないのですぞ」

乳母夫《めのと》の叱責にも、清盛は動じなかった。

「博打みたいなもんさ。俺にとってはこの世のすべてがな」

それを聞くと、家貞は真から情けなさそうに肩を落とした。

「爺は……博打うちにするために、若君をお育てしたわけではありませんぞ」

その哀れな様子を見せられると、清盛も意地を張り続けるわけにはいかなかった。

「なあ、爺」

声の調子も和らげて、清盛は言う。

「息子が死にそうな目に遭ってんなら、助けるのが親ってもんだろ」

「何をおっしゃるのですか」

「爺だって、貞能が殺されそうになったら、助けに行くだろう」

清盛は傍らで困惑した顔をさらしている貞能を、顎で指し示しながら言った。

「そ、そりゃあ……」

「だったら、俺の父上だって、俺を助けてくださるはずだ」

家貞は清盛の眼をのぞきこむように見つめた。すると、それまで見えなかったものが見えた。

一見、投げやりにも見える清盛の眼の奥には、今にも切れそうな命綱に必死で取りすがっているような一途さがある。

（卑怯なやり方をしてでも、確かめたいのか。父君のお心を――）

忠盛が自分を本当に、息子と思ってくれているのかどうか。

さすがに、清盛を育ててきただけあって、家貞にはその内心の苦悩が分かる。そして、清盛と共に成長してきた貞能もまた、それが分かっていた。

「父上、私は若君と共に参ります」

その時、貞能が大声で宣言した。

「たとえ父上がお止めになっても参ります。これで、命を失ったとしても悔いはありません」

その息子を止めることは、家貞にはできなかった。

「分かりました。それでは、せめてそれがしの配下の兵をお連れください。それがしは殿を説得するため、残らせていただきますが……」

「爺っ！」

清盛は家貞に跳びつきたそうに、顔を輝かせて叫んだ。

首領の源智さえ討ち取ってしまえば、後の海賊などは烏合の衆だ。だから、源智の首だけを狙う。

それが、自分と共に来た兵士たちに告げた清盛の方針だった。

幸い、清盛は源智の顔を知っている。それが、最大の武器であった。

家貞は清盛らの船が出るまでは、忠盛に報告しないと約束した。しかし、その後、出兵の説得を行い、いずれにしても一刻のうちには、合図を送ると言った。

忠盛が兵を出す時には、火矢を二つ、兵を出さない時には火矢を一つ、海上から放つことに取り決めてある。清盛はその合図を見るまでは、決して源智らとの戦いを始めないと約束させられた。

清盛らを乗せた一艘の船は、夜明け前の海上を、まだ沈まぬ月の光だけを頼りに、陸へ進んだ。総勢二十名、船は幸い、敵に気づかれることもなく、和田浜の端に着けられた。

見張りらしい海賊も近くにはいない。おそらく廃屋を住まいにしているのだろう、今は皆、建物の中で眠っているようだ。

「源智のいる家が分かればな」

清盛は浜辺の松に身を隠しながら、呻いた。

「どういうふうに攻めますか」

「七人ずつの一隊に分けて、一気に三軒攻めよう。その中に源智がいることを願うしかないな」

めぼしい家に絞りこんだ。端二軒ずつに源智がいるとは思いにくいため、真ん中あたりの最も大きな三軒を選んだ。

（本当に、博打だな）

清盛はひそかに胸に呟き、この独り言は真面目な貞能には聞かせられないと思った。

「若君、火矢が上がりました」

じっと海を見張っていた貞能が、声を殺して言った。

「数はっ！」

振り返りざま、鋭く問う。

「一……いや、二本です。二本上がってます！」

貞能の声は思わず高くなっている。清盛もうっすらと青みを帯びてきた曙の空に、高々と上る二本の火矢を認めた。

「よおし」

清盛は手にした太刀を握りしめて、勇躍、立ち上がった。

「一気に攻めこむぞ。多少、苦しい戦いになっても、何とか持ちこたえるんだ。すぐに、海の方から援軍が来るからな」

「はいっ！」

家貞の付けてくれた剛者たちが、低い声で次々に応じた。

「よし、行けっ！」

叫びざま、清盛もまた、砂浜を駆け出した。目指すは攻める三軒のうち、真ん中の廃屋である。

四

うおおっ、という叫び声が耳許で鳴っていた。

敵か味方が昂奮してあげている雄叫びだろうと思っていたが、気がついてみると、そうではない。清盛が自分で叫んでいたのであった。

薄暗い中での接近戦である。味方同士を斬らぬよう、合図は決めてあった。だが、そんな事さえ吹っ飛んでしまいかねないほど、気が昂《たか》ぶっていた。

初めての実戦――。

清盛にとっては人を斬ったのも、初めてのことであった。

床に転がる敵と思われるものを蹴り飛ばし、上から太刀を叩きつけた。刃向かってくる気配を感じ取るなり、太刀を左から右になぎ払い、上から袈裟懸けに斬りつけた。

血飛沫《しぶき》の音が立つ。骨を断ち割るような感触も何度か味わった。顔に血の飛び散った感覚がある。生臭いにおいが鼻をついた。それさえ気にならなくなる頃には、太刀の柄を握る手がぬめっていた。

手探りで袖を切り取り、太刀と手を縛り付ける。そうしながら、

「源智はどこか」

と怒鳴りながら、清盛は暴れ回った。

「若君、若君」

血に酔った高揚感を冷ましたのは、ずっと傍らにいた貞能の声であった。

「源智と名乗る男を捕らえたようです」

貞能の方が冷静に、配下の兵の声を聞いていたらしい。

「よおし、引き出せ。子分どもも一緒にだ」

清盛は言い、太刀を引っさげたまま、夜明けの浜辺へ出た。

他の家からも、降伏した海賊たちが引き出されてきている。いずれも、傷だらけであった。

その頃、すでに海上で家貞が手配をしてくれたのだろう、忠盛配下の兵士たちを乗せた船が続々と浜辺に迫っていた。

海賊たちの方も、この廃村にいたのがすべてではなく、付近にひそんでいた者たちが続々と応戦に駆けつけてきていたが、平家の船団が攻め寄せてきたと聞くなり、士気も下がるようであった。

「源智を捕らえたと触れて回るんだ。海賊どもの戦意を挫け」

清盛は鋭く命じ、自らは捕虜となった海賊に相対した。東の空はすでに白んできており、顔のかたちは見分けられる。

だが、引き据えられた若い男をじっと睨んでいた清盛は、やがて、

「違う。そいつは源智じゃない！」

と、呻くように言った。

蒼ざめた顔で、清盛を鋭く睨み据えてくるその男は、壺ふりの俊影だった。首領源智の身代わりを買って出たのだろう。

「源智は……」

清盛は他に引き据えられてきた海賊たちの顔を、一人一人じっくり調べていった。

「そいつだっ！」

俊影の陰に身を潜めるようにした二人のうち、左側の男の顔に見覚えがあった。

清盛は自らの太刀を、男の顎に突きつけて仰向かせた。

酷薄そうな顔つきは変わっていない。長髪も以前と同じだが、この時は結わえていないせいか、ざんばら髪が乱れて不気味に見える。

源智はさすがに首領としての根性を見せ、不敵な面構えをさらしていた。

「こいつは、俺に渡してもらうぞ」

清盛は殺気をみなぎらせて叫んだ。

手下どもは役人に引き渡してもいいが、源智だけは渡せない。

源智が応戦したのかどうかは分からないが、すでに武器は奪われている。

「こいつに、太刀を渡してやれよ」

清盛は貞能に鋭く命じた。

「若君、それはなりません。この者は忠盛さまに引き渡すべきです」

「いいんだよ。こいつは俺がやると決めているんだ」

源智が顔を上げて、にやりと笑った。

「ほう。若いくせに相変わらずいい度胸だな。仇を討ちにきたのか」

「そうさ。沙耶の仇を取らせてもらうぜ」

「沙耶、だと――」

源智は一瞬、妙な顔をした。だが、たちまち合点した表情になり、

「ああ、女の仇っていうわけか。だが、女は犯しただけだろう。殺しちゃいないはずだが……」

と、にやにや笑いながら言う。

「女などと言うな。てめえごときが女呼ばわりできるお人じゃねえんだよ」

「女一人にごちゃごちゃうるせえな。てっきり、隠岐爺の仇討ちかと思ったが……」

「隠岐爺だと！」

清盛は顔色を変えた。

「おや、知らなかったのかい。隠岐爺を殺したのは、いや、殺すよう、検非違使に手を回したのは、この源智さまだってことを――」

「そんな……。隠岐爺は――」

忠盛が手を回して殺されたのではなかったか。隠岐爺自身がそのように言い残していたと、聞いていたのに……。いや、そうでなくとも、鳥羽院や忠実の思惑により、殺されたのだと思っていた。

まさか、この源智が手を下していたとは――。

「どうしてだ。お前に隠岐爺を殺す理由なんてないだろう」

「あいつは、お前を俺たちの味方にするっていう約束を破った。味方にできなかったら、お前を始末するって言ってた約束もな。お前を味方にできる勝負手があるとか言ってたが、結局、読みを誤ったんだろ」

吐き捨てるように、源智は言った。

その読みとやらを、くわしくは聞いていなかったのだろう。それについて、源智は口にしなかったが、清盛には分かっていた。

――王になれ、清盛よ。お前はそうなるさだめの子じゃ。

――わしは由比の父。お前にとっては、祖父に当たる者なのじゃよ。

清盛の躯の奥底から、熱い情動が噴き上げてきた。

(そうだ。こんな下衆野郎に、隠岐爺が大事な勝負手を明かすはずがない。それは、隠岐爺にとっては、何より大切なものだったんだからな)

――俺の、祖父君。

清盛の中で熱い塊がはじけとんだ。

「この――野郎っ!」

源智の余裕ぶっていた顔が、引きつったように醜く変わるのが眼に入った。

俺の祖父君を、よくも――。

躯が操られたように動いていた。気づいた時には、清盛の太刀の切っ先は、源智の胸を突いていた。切っ先は胸の奥にまで届いており、即死であった。

「この者は、家宅に踏みこんだ際、斬り捨ててしまったと、私めから、忠盛さまにご報告申しあげます」

なおも、ぼうっとしている清盛に、貞能がしっかりした声で告げた。

清盛は太刀を突き出したまま、それを抜こうともせず、石のように固まっている。

貞能は手に手を添えて、太刀を遺骸から引き抜いた。

清盛の手と太刀とをくくりつけている布を解き終え、清盛がようやく太刀から手を離したその時、清盛を呼ぶ家貞の声が聞こえてきた。

大丈夫の星

一

海賊源智一味の討伐を終えた忠盛は、都へ凱旋することになった。

その直前、忠盛は浮かぬ顔をしている清盛に告げた。

「祇園女御さまは今、熊野におられるという」

それ以上、どうせよとは言わなかったが、熊野を訪ねてはどうかという意味に違いなかった。

清盛とて、急いで都へ帰りたいわけではない。

これまでは、源智を討ち滅ぼさねばならぬという思いだけで過ごしてきたが、いざ、その目標を果たしてしまうと、他にやりたいことなど、何一つなかった。

特に、都はつらい思い出の土地でもある。

「故白河法皇さまはご生前に幾度も、熊野へ詣でられたゆえな」

付け加えるように、忠盛は言った。

祇園女御は法皇が恋しくなって、熊野へ行ったというのだろうか。

「では、私は女御さまをお迎えに、熊野へ参ります」

清盛は貞能の他、十名ほどの兵士たちを供に、忠盛の一行を抜けた。

忠盛は都へ凱旋して落ち着いたら、自分も熊野へ参るつもりだという。

どこか不安そうな父の眼差に見送られて、清盛は初めての熊野へ向かった。


熊野詣でにおいては、精進潔斎や祓《はらえ》、垢離《あかこり》、奉幣などの作法が決まっている。都から出向く場合は、主に淀川を舟で下り、紀伊路を進むのが一般的であった。田辺まで南下し、そこから中辺路《なかへじ》を通って山中を分け入って行く。上皇や女院といった高貴な人々は主に輿《こし》を使い、供人たちは馬や徒歩で参道を進んだ。

熊野には、本宮、新宮、那智があり、それぞれが西方極楽浄土、東方浄瑠璃浄土、南方補陀落《ふだらく》浄土へ通じていると言われている。これらを参詣して回ることで、浄土へ生まれ変わることができるのだった。

たいてい、熊野へ参詣した者は何日間か参籠し、願をかける。長い場合は、この山にある円成寺で千日の修行をした花山法皇の例などもあるが、この時、祇園女御は七日間の参籠に入っていた。

清盛の一行が本宮に達したのは、八月十九日であった。女御の参籠が明けるのは、その翌日の夜であるという。

そこで、二十日の午後、清盛は貞能に誘われて、有名な那智の滝を見に行くことにした。

「那智の滝といえば、大滝が有名ですが、その上流には二の滝、如意輪《にょいりん》の滝と呼ばれる滝があると言います。大滝に比べれば、ごく小さいそうですが、優美な姿をしているため、それを好む人も多いのだとか」

清盛の心を慰めようとする貞能の心遣いが、痛いほどに伝わってくる。

それに報いてやりたくて、ならば如意輪の滝も見に行こうと、清盛は応じた。

二人はまず大滝に行き、初めて見る大きさに度肝を抜かれた。

岩肌に飛び散る水飛沫は凄まじく、瀑布の音は近くでも大声を張り上げねばならぬくらいに大きい。

それから、二人は大滝から離れて、さらに上へ登る参道を目指した。登るにつれて、大滝の音は遠のいてゆく。

しばらくすると、それを圧して、新たな流水の音が耳を埋めた。大滝と違って、優しく柔らかな響きを宿している。

その音に誘われるように登って行くと、間もなく優美な姿態の滝が、鬱蒼とした樹々の暗がりの中から、ぽかりと浮かび上がった。

途中で少し道に迷ったせいか、二人が如意輪の滝に到着した時には、辺りはもう黄昏が降り始めていた。

小さな瀑布から少し上に視線を転じると、蒼紫色の空に浮かぶ星明かりも見えた。一瞬の休む間もなく、水飛沫が飛び散っている。薄暮の中に浮かび上がった飛沫は、ある部分は白く、ある部分は薄墨色を宿していた。

「火を点けましょうか」

貞能が尋ねた。松明の用意はある。が、清盛は何か物思いにとらわれた様子で、滝をじっと見つめたまま、首を横に振った。

「もう間もなく、月も出てくるだろう」

「そう……ですね」

実際、二十日の月が昇るのは戌の刻も過ぎてからだ。それでも、貞能は逆らわなかった。ただ、清盛の物思いを邪魔するまいと、少し下がった場所にじっと佇んでいる。

(沙耶……)

如意輪の滝の優美な姿は、清盛にあるものを思い出させた。

今なお、消えることのない心の痛みと、一人で生きることの寂しさと虚しさとを──。

そして、絶え間なく続く水飛沫の音は、和田浜で沙耶と共に聞いた波の音色を呼び覚ました。

いずれ失う恋と分かっていれば、あの時、想いを星に託したりはしなかったろう。そうすれば、今のこの虚しさもなかったであろうに……。

どれほど、そうやって一人きりの物思いに沈んでいたのだろうか。

清盛の視界の中で、急に滝が姿を変じた。

白と薄墨色だった滝が、急に白と黄金の華やかな色に染め上げられたのだ。

はっと振り返ると、なだらかな峰から昇り始めたばかりの下弦の月が、眼に映った。蒼みを帯びた夜空は美しく晴れ、月は燻されたような黄金の光を放っている。

清盛は再び瀑布に眼を戻した。月光に照らし出された如意輪の滝は、黄昏の闇を艶やかに彩っている。

その艶《なまめ》かしい女とも見えそうな滝の姿に、清盛は見とれた。

それから、どのくらい時間が経ったのか。清盛がもう、その存在さえ忘れてしまった頃、貞能の驚いたような声が、清盛の夢想を破った。

「祇園女御さまっ！」

七日間の参籠を終えたらしい女御が、どうして清盛らの居場所を知ったのか、数人の供を従えて姿を見せたのであった。

「滝を見に行ったまま、お戻りにならぬと聞いたのでね」

心配してやって来たというのだろうか。

清盛は女御の少し面やつれした顔を、まじまじと見つめた。

「美しい滝ですこと」

清盛の眼差を受け流すようにして、女御は清盛の脇に立った。

「大滝の近くにおられなかったので、驚きましたよ」

「私が、身投げするとでも思いましたか」

清盛のどこか投げやりな言葉に対し、女御は否定しなかった。

「私がここへ参ったのは、私とそなたの母君由比、そして、忠盛殿のことをお話ししておこうと思ったからです」

女御は滝の水飛沫を見つめたまま、ひっそりとした声で言った。

「私と由比は、この熊野で正盛さまとお会いしたのです」

清盛は祇園女御の横顔を見つめた。が、何も言わなかった。

「私たちのこと、我が父義親殿からお聞きになっているのでしょう」

それは、あの鴨院で亡くなった自称義親が、隠岐爺であり、本物の義親であるということの証に他ならぬ言葉であった。

「義親殿は大丈夫たらんと欲して、叶わなかった人です。口癖のように、劉邦を引き合いに出して、ああ、大丈夫当《まさ》にかくのごとくなるべきなり――と言っていたものです。されど、劉邦のごとき器量もなく、時代もあの父にはそぐわなかった」

女御は不意に滝へ向かって歩き出した。清盛は思わずはっとなって飛び出しかけたが、二歩進んだだけで、女御はそれ以上は先へ進もうとはしなかった。

「父は夢叶わず、西国で狼藉を働き、謀叛人として討たれました。いいえ、その報せを聞いた時、私も由比も父上は死んだなどと思わなかった。必ず、どこかで生きていると――」

「平家の邸へ入り込んだのは、父君の生死を確認するためだったのですか」

「ええ。そして、本当に正盛殿が父上を討ったのならば、その仇討ちをするため――」

凄まじい内容を、女御は淡々と語り続ける。清盛は女御の覚悟に圧倒されると同時に、女御を恐ろしい人だと思わずにはいられなかった。

「女御さまは平家を怨んでおられたのですか」

「平家を怨む……。そう、それができれば、私も由比も苦しむことはなかったでしょう」

女御は首を横に振ってから、ようやく清盛に眼を戻した。その全身に月の光が降り注がれる。だが、女御の顔はこの上もなく寂しげに見えた。しばらくの間、黙って清盛を見つめていた女御は、耐え切れぬように視線を落とした。そして、

「私は忠盛殿を愛したのです。由比も忠盛殿を愛しました」

と、苦味のこもった声で告白した。女御の顔はうつむいたままであった。

「私は法皇さまに望まれ、その想いを断ち切らねばなりませんでした。それでもよいと思った。私にも野心がありましたから――。法皇さまの寵人《うつくしびと》となって、父の汚名を雪《すす》ぐこと」

「女御さま……」

「ただ、由比が忠盛殿の愛を受けるのを、許すことができなくなった……」

女御は思いきった様子で顔を上げた。

「由比をお望みになるよう、法皇さまを煽ったのはこの私です」

清盛に眼を合わせて、その言葉を告げるのはよほど勇気の要ることだった。それでも、女御は顔を背ける卑劣さは犯さなかった。

「由比は法皇さまの夜伽《よとぎ》を勧めさせられ、その夜のうちに抜丸の鞘を抜いて、自害を図りました。由比が若くして亡くなったのも、そのせいじゃ。清盛殿、私が憎いか」

清盛は思わず視線をそらしてしまった。

女御の語る内容に身をつまされたからではなく、己の罪を告白する女御自身を見るのがなぜかつらかった。

（ならば、俺はやはり白河院の……）

清盛の臓腑がかっと煮えるように熱くなった。すると、それを見透かしたかのように、

「由比が死のうとした夜から数日の内に、忠盛殿も由比を慰めたはず」

女御が言った。

（ならば、どちらが俺の父親か、分からぬ……）

清盛が女御を見つめ直そうとした時、

「そなたは、蒼龍の子じゃ」

女御は清盛から視線をそらすと、再び如意輪の滝に眼を向けた。

「沙耶姫と章子殿を見ていると、私は自分と由比をよく思い出しました。私たちが忠盛殿を愛したように、あの姉妹は清盛殿を想うている……」

清盛の肩がかすかに震えたのを、女御は見ていなかった。

「沙耶姫とのことは、何と申せばよいのか、私にも分かりませぬ。されど、沙耶姫の気持ちは、私には分かる」

その理由について、女御は言わなかった。

「だから、一つだけ、心に留めてほしいことがあります」

女御は振り返った。そして、滝に背を向けると、清盛の方に歩み寄って、その逞しくなった肩に手をそっと置いた。

「章子殿のことじゃ」

清盛はうつむいている。

「沙耶姫のことがあってますます、章子殿は自分の想いを断ち切ろうとするかもしれぬ。あの娘はそういう慎ましい人柄じゃ。由比に……似ているのです」

女御の手の下で、清盛の肩の震えが静かに収まっていった。それでも、女御は手を動かさなかった。

「そして、これは私の勝手な願い。由比に似た娘を、そなたが愛してくれればよいと――」

たぶん、沙耶姫も同じように願われよう――それはともすれば、滝の音に消されてしまいそうなほど、小さなささやき声であった。

二

忠盛が熊野へやって来たのは、その月の終わりであった。

祇園女御も清盛も、まだ熊野にいる。

七日間の参籠が終わって間もなく、女御は新宮に七日間の参籠をすると言い出したのだ。今度は、別の願かけをするのだという。

清盛には先に帰京するよう、女御は勧めたが、清盛は自分も共に参籠すると言って残った。

今度の参籠が明けるのは、三十日のことであったが、この時、忠盛はすでに熊野にあって、参籠が終わるのを待ち受けていた。

「これは、何としたこと」

忠盛が来るということを伝えていなかったので、女御は驚いたが、

「無事に、近江禅師源智を討伐できましたゆえ、その御礼参りといったところです」

と、忠盛は晴れやかに答えた。

「その、父上にお話ししたいことが……あります」

清盛は口ごもりながら切り出した。

女御の話を聞いていながら、黙っているわけにはいかない。だが、どのように何を言えばよいのか、清盛はまだ心を決めていなかった。

「さようか。私の方からもそなたに話がある」

落ち着き払って、忠盛は言い、そのために僧坊を借りることになった。

「女御さまも、ご同席願えれば――」

忠盛はそう付け加えた。

女御が怪訝そうな顔つきで、対面して座る父子の隣に、横向きで座った。

「実は、この度、海賊討伐の褒賞を受けることになったが、それを嫡子のそなたに譲ることで、すでにお許しをいただいている。これにより、そなたの官位は従四位下《じゅしいのげ》となった」

「それは、おめでたいお話です」

すかさず、女御が口を挟んだ。

「清盛殿、おめでとう」

「あっ、はい。かたじけのう存じます」

つられたように清盛は礼を述べたが、何とも納得しかねるといった表情である。

「でも、私は戦場で父上の指示に従わず、勝手なことをいたしましたのに……」

「それはまた、別の話だ。この度の褒賞は、そなたではなく、この忠盛に下されたもの。そして、嫡子に褒賞を譲るのは、よくあることだ」

忠盛は落ち着いた口ぶりで言った。

「嫡子とおっしゃいましたな」

女御が慎重に聞き返した。

「はい。これまで清盛は院や女院の御給《ごきゅう》（公の売位売官）で、官位官職《くらいつかさ》を頂戴してきました。が、ここで私が賞を譲れば、世間は清盛が我が嫡男たることを、もはや疑わぬでしょう」

とかく、白河院の胤ではないかと言われ続けてきた清盛に対し、一つの壁を作ってやろうという忠盛の考えらしい。疑い自体は晴れなくとも、これで清盛の立場は明確になる。

女御はゆっくりとうなずいてみせた。それを見届けてから、忠盛は清盛に視線を戻すと、

「それで、そなたの話というのは何か」

と、尋ねた。清盛はまだ忠盛と衒《てら》いなく言葉を交わすことに抵抗があるらしく、どことなくぎこちない表情を浮かべたが、

「祇園女御さまから、すべてお聞きしたということを、お伝えしておこうと――」

と、少し朴訥な口調で言った。

「すべて、とは――」

「亡き母上のことなどです」

「さようか」

忠盛はいつものように落ち着いていた。

「その話は、まことは私からしなければならなかったのかもしれぬ。女御さまには、とんだお役目を任せてしまい、申し訳ないことです。されど、すべてを経た上で、私がそなたにしてやれること、私がそなたに望むことは、今、話したことだ。それは、

分かってもらえただろうか」

「はい」

清盛はこれまで忠盛が見たこともないほど、素直にうなずいた。

忠盛はその姿を見つめ、一瞬、言うか言うまいか迷うそぶりを見せたが、結局、口を切った。

「私は、我が父正盛殿と、何度か衝突もしてきた。わしのやり方が気に食わぬのなら、勝手にするがいいと言われたこともある。そうやって、私は正盛殿とは違う道を耕しながら、進んできた。だから、そなたにも私の道をついて来てほしいなどとは、まったく思っておらぬ」

「父上……」

忠盛は笑った。暴れ馬にも鞍がつけられると分かったのはいいが、それで元気までなくされては残念である。忠盛は眇ではない右眼で、正面から息子を見据えた。

「そなたが戦場で私の命令を無視し、勝手に出陣したことについて、言いたいことは山ほどある。まあ、それは女御さまのいない席で申すことにしよう。ただ、覚えておくがいい。子が何をしようとも、親はそれを許すものだ」

清盛は驚いた表情で、瞬きをくり返した。

「そなたは私を許せぬと思ったことがあるだろう。私も正盛殿を許せぬと思ったことがあった。だがな。今はこう思うのだ。親は神や仏ではない。過ちを犯すこともあるものだと――」

いつしか、忠盛は横を向いていた。だが、眇が清盛を見つめている。見つめて微笑んでいる。

「親が子を許すように、子が親を許してもいいのではないか。こんなことを思うようになったのは、正盛殿が亡くなってからだが……」

まあ、いずれそなたも子を持てば分かることだろうと、忠盛は最後に付け加えた。

「そなたも、言いたいことがあれば、言えばいい。私は、そなたと衝突したからといって、そなたを疎ましく思ったりはせぬ。正盛殿が私をそうしなかったようにな」

清盛の浅黒い頬が、かすかに赤く染まったのを、女御は微笑ましく見つめた。

「本宮でかけた願が、こんなにも早く叶うなんて……」

女御は声をつまらせた。続けてすすり泣くような声が聞こえた時、忠盛と清盛は思わず顔を見合わせていた。

勝気な女御が涙ぐむのを見るのは、二人にとって初めての経験であった。

三

その同じ夜、忠盛と祇園女御は人も連れず、僧坊の前の庭先で、夜空を仰いでいた。

話があると言い出したのは、忠盛だった。そぞろ歩きの足を止めると、

「これまでのこと、感謝いたしますぞ、女御さま」

忠盛はそう言って、女御の前に深々と頭を下げた。

「いや、榊殿――」

下げた頭を心持ち上げ、顔を女御の方に向けると、忠盛は静かに言う。

「清盛を大丈夫に育ててくだされた」

「何を申されるのですか。清盛殿を育てたのは忠盛殿じゃ」

女御――榊は、我にもなく動揺していた。

「それに、今、何と……。榊と仰せられたか」

「ここには、私とあなたしかおりませぬ。我らは姉弟も同然の者。そうではありませぬか」

「忠盛殿……」

「由比も、喜んでおりましょう。今も空の彼方で、清盛の身を案じておりましょうか

らな」

　忠盛の眼差が秋の夜空に注がれた。

「忠盛殿はいずれ天の河原に参られるのでしょうな。そこには、由比がいる……」

　榊は昔を懐かしむような声で呟いた。だが、その声には、隠しようもない孤独の翳りがあった。

「年に一度しか夫に逢えぬ織女のごとく、忠盛殿を待っているのでしょう」

　それを聞くなり、忠盛は呵々と笑い出した。

「何をおっしゃるのやら。由比がいるのは、あそこでしょう」

　忠盛は人差し指をまっすぐ、北の天に向けた。

「永遠に動かぬ星、あの星の宿りに、由比はいる。我が子が道に迷わぬように――」

　それが、北天の星――北辰であることに気づいて、榊ははっと息を呑んだ。

　義親や自分が、清盛にあの星の宿世を望んでいたことを、忠盛が知っているはずはない。だが、もしかしたら、忠盛や由比もまた、宿命の子である清盛に、王にふさわしい大丈夫たらんことを願ったのではないか。

「いずれは、私も榊殿もそこへ行くのですぞ」

　確信を持った口ぶりで、忠盛は言った。

「私はとても行けますまい。由比にどうして顔向けできましょうぞ」

思わず星から眼をそらして言う榊に、忠盛はゆっくりと首を横に振ってみせた。

「さようなことはありますまい。我らは三人、ともに清盛の親ではありませぬか」

「何ですと！」

女御は大きく眼を見開いて、忠盛を——かつて愛した男の顔をじっと見つめた。忠盛の右眼が温かく榊に注がれていた。

「ありがたい仰せじゃ。由比に……相済まぬこと」

榊は声を震わせて呟いた。

「あの由比が、姉君に来るななどと言うものですか。由比の性格を誰よりもご存知なのは、あなたでしょうに……」

——そうよ、お姉さま。私はここにいる。

——私たちは三人で見守るのよ。私たちの息子を——。

榊の耳に、妹の声が懐かしくよみがえった。

「由比——」

妹の名を呼ぶなり、榊は耐えきれぬように、両手で顔を覆ってしまった。そのまま、その場に腰を下ろすと、さめざめと泣き続けた。

忠盛は下手な言葉をかけてなだめようとはせず、黙ってじっと見守っていてくれるようだ。その事をありがたいと、榊は思った。

　そうやって、どのくらい時間が経ったのだろうか。そっと肩にかけられた大きな手に気づいた時、榊はようやく顔を上げた。

　涙は止まっていたが、泣き濡れて汚れた顔を、忠盛に見られるのも気恥ずかしい。そう思って顔を背けた時、

「母上……」

　その耳に聞こえてきたのは、忠盛の穏やかで低い声ではなく、躊躇いがちな若々しい声であった。

　これまで、一度もそう呼ばれたことのない呼びかけ――また、自分からそう呼んでほしいとも願ったことのない呼びかけ――。

「どうして……」

　榊は泣きはらした顔を、そのまま清盛に向けた。

「あなたさまを、他にお呼びする言葉が思い浮かばぬからです」

　清盛は率直な口ぶりで言った。それから、口も利けないでいる榊に向かって、

「本宮では、父上と私の間から、わだかまりが消えてなくなるように――と、願ってくださったのですな」

　と、照れくさそうに笑ってみせた。忠盛を父というその声はごく自然で、かつてはわずかにあった硬さも躊躇いももはや感じられない。

「新宮でかけられた願とは、何なのでございましょう。もしも聞いてよろしければ――」

榊は清盛をじっと見つめた。そして、息をつめたまま、

「我が子の大丈夫となる姿を、見させてほしい、と――」

と、まるで秘密を打ち明けるようなひそやかさで、そっと答えた。

清盛はしばらく黙っていたが、やがて、その口から長く太い息が深々と漏れた。

「では、母上にここで誓いましょう」

そう言ってから、清盛は北天の空を仰いだ。榊もつられて空を見上げた。

「大丈夫、当《まさ》にかくのごとくなるべきなり、と――」

八月も終わりの夜気の中に、その言葉はいささかの気負いもなく朗々と流れていった。清盛の人差し指は、王の星をまっすぐに迷いなく指し示している。

それは、清盛十八歳の秋も半ば過ぎのことであった。

（了）

引用和歌出典

夜泣きすとただもり立てよ末の世に　清く盛ふることもこそあれ（『平家物語』）
いもが子は這ふほどにこそなりにけれ　ただもり取りてやしなひとせよ（『平家物語』）
またも来む秋を待つべき七夕の　別るるだにもいかが悲しき（『平忠盛朝臣集』）

※　他の和歌は作者の創作による。

本作品は当文庫のための書き下ろしです。

編集協力　遊子堂

文芸社文庫

蒼龍の星㊤　若き清盛

二〇一一年十月十五日　初版第一刷発行

著　者　篠綾子
発行者　瓜谷綱延
発行所　株式会社　文芸社
〒一六〇-〇〇二二
東京都新宿区新宿一-一〇-一
電話　〇三-五三六九-三〇六〇（編集）
〇三-五三六九-二二九九（販売）

印刷所　図書印刷株式会社
装幀者　三村淳

ISBN978-4-286-11393-7

［文芸社文庫　既刊本］

火の姫　茶々と信長
秋山香乃
兄・織田信長の命をうけ、浅井長政に嫁いだ於市は於茶々、於初、於江をもうけるが、やがて信長に滅ぼされる。於茶々たち親娘の命運は――？

火の姫　茶々と秀吉
秋山香乃
本能寺の変後、信長の家臣の羽柴秀吉が後継者となり、天下人となった。於市の死後、ひとり残された於茶々は、秀吉の側室に。後の淀殿であった。

火の姫　茶々と家康
秋山香乃
太閤死して、ひとり巨魁・徳川家康と対決する於茶々。母として女として政治家として、豊臣家を守り、火焔の大坂城で奮迅の戦いをつらぬく！

それからの三国志　上　烈風の巻
内田重久
稀代の軍師・孔明が五丈原で没したあと、三国志は新たなステージへ突入する。三国統一までのその後のヒーローたちを描いた感動の歴史大河！

それからの三国志　下　陽炎の巻
内田重久
孔明の遺志を継ぐ蜀の姜維と、魏を掌握する司馬一族の死闘の結末は？　覇権を握り三国を統一するのは誰なのか⁉　ファン必読の三国志完結編！

トンデモ日本史の真相　史跡お宝編
原田　実
日本史上の奇説・珍説・異端とされる説を徹底検証！　文庫化にあたり、お江をめぐる奇説を含む2項目を追加。墨俣一夜城／ペトログラフ、他

トンデモ日本史の真相　人物伝承編
原田　実
日本史上でまことしやかに語られてきた奇説・珍説・伝承等を徹底検証！　文庫化にあたり、「福澤諭吉は侵略主義者だった？」を追加（解説・芦辺拓）。

戦国の世を生きた七人の女
由良弥生
「お家」のために犠牲となり、人質や政治上の駆け引きの道具にされた乱世の妻妾。悲しみに耐え、懸命に生き抜いた「江姫」らの姿を描く。

江戸暗殺史
森川哲郎
徳川家康の毒殺多用説から、坂本竜馬暗殺事件の謎まで、権力争いによる謀略、暗殺事件の数々。闇へと葬り去られた歴史の真相に迫る。

幕府検死官　玄庵　血闘
加野厚志
慈姑頭に仕込杖、無外流抜刀術の遣い手は、人を救う蘭医にして人斬り。南町奉行所付の「検死官」が、連続女殺しの下手人を追い、お江戸を走る！

定年と読書
鷲田小彌太
読書の本当の効用を説き、知的エネルギーに溢れた生き方をすすめる、画期的な読書術。本を読む人はいい顔の持ち主。本を読まないと老化する。

心の掃除で病気は治る
帯津良一
帯津流「いのち」の力の引き出し方をわかりやすく解説。病気の方はもちろん、不調を感じている方、「健康」や「死」の本質を知りたい方にお勧め！

戦争と平和
吉本隆明
「戦争は阻止できるのか」戦争と平和を論じた表題作ほか、「近代文学の宿命」「吉本隆明の日常」等、危機の時代にむけて、知の巨人が提言する。

忘れないあのこと、戦争
早乙女勝元選
先の大戦から半世紀以上。今だからこそ、風化した戦争の記憶、歴史の彼方に忘れられようとしている戦争の体験を残したい。４２人の過酷な記録。

自壊する中国
宮崎正弘
チュニジア、エジプト、リビアとネット革命の嵐が、中国をも覆うのか？ネットによる民主化ドミノをはねのけるべく、中国が仕掛ける恐るべき策動。